酒・つまみ日和

「ひとり飲み」の小さな幸せ

パリッコ
Written by Paricco

まえがき

本書は、２０１８年11月に光文社のＷＥＢサイト「本がすき。」で始まり、２０２０年３月に同じく光文社新書の公式ｎｏｔｅに移動して連載を続けてきた「つつまし酒」の書籍化第3弾になります。

昨年末に連載ペースを隔週に落とさせてもらったのですが、それまでの１９２回ぶんは、週刊連載として、毎週毎週なんだかんだとテーマを考えては酒を飲み、つまみを食べ、それを原稿として記録するということを続けてきました。我ながら、よくもまぁ飽きずにやってこられたものだと思います。そして、こうして形になったものをあらためて眺めてみると、やっぱりお酒って楽しいものだなと、ただただ、そのシンプルな事実を実感させられます。

連載していた原稿を本にまとめるという形式上、前作『つつまし酒　あのころ、父と食べた「銀将」のラーメン』に続き、執筆期間と日本のコロナ禍が大きく重なりました。そのため、少しずつ状況が落ち着いてきた昨今と比べるとずっと、街に出てお酒を飲み歩くということが難しかった時期の記録が多い内容となっています。読み返すと自分でも、こんな日々もあったなと懐かしく感じることも多く、それをこうして1冊の本にしてもらえたことを、とてもありがたく思います。

今作は前作までとは違い、章ごとにテーマを設け、それに沿って原稿をまとめました。そのため、時系列は連載時のとおりとはなっていません。また、第7章「秘密基地日和」は、今作のために書き下ろしました。そこでは、今このまえがきを書いている時点でちょうど丸1年が経とうとしている、生まれて初めて借りた、小さな自分だけの仕事場についてのことを記録しました。それができたことも、個人的にはとても嬉しく思っています。

「つつまし酒」は、すっかり僕のライフワークとなりました。そして今作は、連載開始当初にはまだまだ感じられた肩の力も抜け、自分で読み返してみても、「ははは。こいつ、くだらないことばっかりやってるけど、なんか幸せそうだな～」と感じる、ただそれだけの本になっていると思います。けれども、世の中にほんの少しくらいは、そんなふうに中身のない本があったっていいんじゃないだろうか。有益な情報は他の人の本やインターネットにたくさん載ってるし。そんな、開き直りともいえる気持ちで、今このまえがきを書いています。

今夜の晩酌のおともに。お酒が飲めない方は、ティータイムのおともに。よろしければ。

酒・つまみ日和

「ひとり飲み」の小さな幸せ

目次

※商品や価格、お店の情報などはすべてWEB連載の公開時のものになります。
なお、公開日は各原稿の末尾に記載してあります。

第1章

家飲み日和

おつまみしりとり

不測の事態を生み出そう

あぁこわいこわい。気軽に外に飲みに行けない日々も1年以上が過ぎ、毎日毎日家飲みばかり。その家飲みがマンネリ化するのが、とにかくこわい。いや、別にマンネリ化したって、1日の終わりにお酒が飲めるだけでもじゅうぶんありがたいことなんですけど、僕のお酒に対する執着ってやっぱりちょっと異常なんでしょう。そこに職業病も加わり、とにかく常に変化を求めてしまう。日々、新鮮な気持ちでお酒と向き合いたい。

今日も朝からそんなことばかり考えていて、マンネリ打破に有効な要素として、「不測の事態」ってものがあるんじゃないか？　と思い至りました。

つまり、自分でおつまみを買ってくる、もしくは食材を買ってきておつまみを用意すると、どうしても同じものばかりになってしまう。今日は肉、明日は魚と、いくら変化を出そうとも、やっぱり自分の思いつく範疇《はんちゅう》に収まってしまう。そこに不測の事態、つまり、「え？　こんなものを買おうとは思わなかったな〜」がないわけです。

その状況から抜け出すにはどうしたらいいか？　手っ取り早いのはスーパーで、手当たり次第知らない人に声をかけ「何買ったんですかぁ？　僕もまねしていいですかぁ？　へへ」と聞きまくることなんですが、それだと完全な異常者。そこでう〜んう〜んと考えていたら、ついに思いついたんですよね。自分ひとりで不測の事態を生み出す方法を。

それが、「おつまみしりとり」。

「け」で始まるおつまみの少なさ

まぁ単純なことなんですが、たとえば「かにかま」をスタートに設定したとして、スーパーで、次は「ま」で始まるおつまみを探す。ま、ま、ま……「まぐろ」はよく買うしなぁ、ま、ま…ん？「マカロニサラダ」なんてのが売ってる。これはあんまり買わないなぁ。新鮮かも！　といった具合に、その日のおつまみをしりとりで決めていく。強制的にしばりを設けることで、ふだんなら視界にも入っていなかった食品たちにもまんべんなく目が向くというわけですね。

よしやろう！　というわけでスーパーへやってきました。最初のおつまみは、「つつまし酒」の終わりをとって「け」から始まるものにしようかな。見つけてやるぞ〜！

意外な商品に目が向くのが楽しい

……と、探し続けて早15分。僕の心はすでに折れそうになっていました。

というのも、「け」で始まる食べものって、思いのほか少ないんですよね。みなさんもちょっと考えてみてくれません？　け、け…「毛がに」、いやいや、お遊び感覚で手を出せる食材じゃない。「ケンタッキー」はスーパーに売ってないし、「けんちん汁」ってのもなぁ、あれこれ材料買って気合入れて作るのは今回の趣旨とはちょっと違う気がする。あ！　「ケンちゃんラーメン」！　いやダメだ。「ん」がついた。っていうかケンちゃんラーメンなんてとっくに売ってないか。

思うぞんぶん違和感を堪能！

と、スーパーを何周もウロウロし、なんとか僕が見つけたのが「ケチャップ」でした。そうだ、「ケチャップライス」を作ってそれをつまみにしよう！　ちょっと強引な気もするけど、考えてみればケチャップライスなんて単体で作って食べたことないし。

そこからはテンポよくおつまみを見つけることができ、今夜のラインナップはこのようになりました。

ケチャップライス
↓
すいかのロールケーキ
↓
九州産豚肉使用ロースハム
↓
蒸し鶏と明太ごぼうのマリネ
↓

この世にふたつとないおつまみプレート

ねぎとろ

うんうん、いい混沌っぷりじゃないですか。よ〜し、さっそく帰ってしりとり晩酌だ！

と、ケチャップライスを作り、その他のおつまみすべてをあえてワンプレートに盛り込みます。出現したそのひと皿の、なんともまぁ異様なこと！　自分の意思だけでやってては一生作ることもなかったであろう、力強い違和感。これこれ！　これを求めてたんですよ！

蒸し鶏とごぼうのマリネ、シャキシャキまったりとした美味しさでつまみにいいなぁ。僕は「ハム」への興味がかなり薄いほうなんですが、この九州産の豚肉を使ったというロースハム、脂身がジューシーでまるで高級肉料理。ハムの魅力に気づいてしまったかも。ねぎとろは間違いない美味しさだし、そしてケチャップライス！　単にバターでごはんとケチャップを炒めただけなんですが、これが驚くほどに美味しいんですよね。家にもケチャップはあったけど、せっかくだからとちょっと高級な瓶入りのものを買ってみたのも良かったのかもしれません。酸味は適度で、野菜の旨味と甘みに深みと広がりのある絶品。ケチャップライス、これからは定期的に作ってしまいそうだな。

　そうそう、お酒なんですが、これもしりとりの延長で選んでみました。最後の「ねぎとろ」の「ろ」をとって、見つけたのが「ロゼワイン」。偶然にも、最後が「ん」で終わるという美しさ！

　お手頃だったスペインの「クロット・ディベルンブリュット ロゼ」、フルーティーかつキリッとした味わいで大変美味しいです。またこれが、今日のどのおつまみにもよく合う。ハムやマリネやケチャップライスはもちろん、甘酸っぱいクリームたっぷりのすいかのロールケーキにも、なんとねぎとろにまで合う！

　そういえば以前、ワインとおつまみは「色合わせの法則」で選ぶといいと聞いたことがあります。わかりやすく言うと、ホワイトソースをかけたポークソテーなら白ワイン。デミグラスソースハンバーグなら赤ワインとい

なんと500円近くもしたケチャップは、
さすがの美味しさ！

いい晩酌になった

った具合に、なんでもかんでも、料理の仕上がりの色に近いワインを合わせると、基本的に間違いないというもの。

それでいうと今日偶然に集まったおつまみ、びっくりするくらいロゼ色の統一感がありません？

これに気づいた時はさすがに、お酒の神様がちょっとした奇跡をプレゼントしてくれたのかな？　なんて嬉しくなっちゃいましたよね。いやまぁ、本当に、ちょっとしすぎた奇跡ですけどね。

〈2021年6月14日〉

我が家のチャーハン革命

チャーハンは酒のつまみになる

昔から酒のつまみになりにくいと言われてきた僕の大好物でありながら不遇の存在、カレーライスとは違い、チャーハンには酒のつまみとしての信頼と実績があります。あの東海林《しょうじ》さだお先生がチャーハンにウイスキーを、久住昌之先生がチャーハンに焼酎ロックを合わせるのが好きだということは、はっきりと著書のなかで語られています。油っこくて塩気が強くて、全体に均一に味がいきわたっているからちみちみとつまめる。チャーハンって、実はすごく酒のつまみに向く料理なんですよね。

それとは別に、僕の家族はチャーハンが大好き。妻も娘も、日常的な食事としてよくチャーハンを食べています。で、それを僕が作ることも多い。その他の家事をやらせるとポンコツなぶん、せめて作り慣れてるチャーハンくらいは自分が、というわけでして。

これまでのチャーハン人生でなんとなく確立した、僕なりの作りかたはこんな感じです。

まず、フライパンに油を熱し、強火で好きな具材と、炊いたごはんを炒める。そしたらいったん片側に寄せ、空いた面で追加のごま油を熱し、そこに生玉子を落とす。固まる前に一気に玉子をかき混ぜ、それを全体によく混ぜる。信頼している中華調味料「創味シャンタン」とコショウで味つけ、最後に香りづけで、鍋肌に醤油少々をたらして全体になじませれば完成。最初から最後まで強火なので時間勝負。作ってる最中は常に大あわてのてんやわんや状態であります。

娘がもたらした革命

ところが我が家にチャーハン革命が起こったのはつい先日のこと。その革命をもたらしたのは、なんと4歳の娘。

娘用に、チャーハンを作ろうとしていた時のことでした。最近なんでも大人のまねをしたがる彼女が、今日は自分の指示に従ってチャーハンを作ってくれ、と言いだしたんですね。まぁ、具材と米をフライパンで炒めれば最終的にはどうやったって形になるだろう。はいはい、わかりました。と、言うことを聞いてやることにしました。

「まずはごはんをやいて〜」「たまごをおさらにわってよくまぜて〜」「そしたらたまごをごはんにかけて〜」「またよくまぜて〜」……娘が近くにいるので油はねがないよう、ずっと弱火のまま、娘の思いつきの指示に従い、チャーハンらしきものを作ってゆく僕。

すると、驚くべきことが起きました。なんとできあがったチャーハン、お米一粒一粒が玉子をまとい、ふわふわのパラパラで、いつも僕が作ってるのよりだんぜん美味しそう！　家でチャーハンを作るときの裏技で「あらかじめごはんと玉子を混ぜておく」なんてのを聞いたことがあるけれど、それの亜種ということになるのかな。

とにかくこれは、我が家のチャーハン革命だ！

さらに数日後、僕も記事を書かせてもらっているデイリーポータルZというサイトで、ライターの橘《たちばな》佑佳《ゆか》さんが書かれた「チャーハンの作り方知ってる10種類全部試す」なんて記事を読んじゃったからもう大変。

それによると、橘さんがいちばん効果的だと感じたのが「ごはんにあらかじめ、1人前につき大さじ1の油を混ぜておく」という方法だそう。それを合わせ技で取り入れてみたところ、確かにパラパラかつしっとりなチャーハンになりました。

という経緯でたどり着いた、我が家の環境でチャーハンを作るにあたり、「当面のところはこれがベスト」と思える僕なりのレシピがこちら。

①炊いたごはんにあらかじめ油を混ぜておく

②フライパンに油を引いて火が通るまで具材を炒め、弱火にしてごはんを加えてほぐし、へらなどで全体をよく混ぜる

※ここまでに使う油の総量が大さじ1のイメージ。まぁ目分量

③ごはんを広げ、溶き玉子を全体に回しかける

④ゆっくり全体を返しながらなじませてゆく（あまりガシャガシャかき混ぜない）

⑤好きな調味料で味をつけ、香りづけにごま油をひとたらしし、鍋肌から醤油少々を加え、ふたたび全体を混ぜて完成

良かった！　やっぱり違った！

では実際にチャーハンを作ってみましょうか。今回はなるべくシンプルに、具は長ねぎ、ハム、なるとのみ。それから味つけも、アジシオ、コショウ、醤油のみ。比較のため、まずは従来の作りかたから。

と、ここで問題発生。この従来どおりに作ったチャーハン。もっと粗野で野蛮な見た目になるかと思っていた予想に反して、我ながらかなりうまそうにできてしまったんですよね。

なんだなんだ？　もしかして僕、気づかぬうちにチャーハン道を極めてしまい、どうやっても

① ごはんに油を混ぜる

② 具材→ごはんの順に加えて炒め

③ 溶き玉子を全体にかける

④ 弱火で優しく全体を返しながら炒めていく

⑤ ほーらこんなにきれい

美味しいチャーハンしか作れない体になってしまっていたのか？　もしかして僕、チャーハンの星のもとに生まれたチャーハン王子だったのか？　もしかしてこの連載、「つつまし酒」じゃなくて「つつましチャーハン」のほうが人気が出たのか？　いやいや、なんだつつましチャーハンて！　毎回毎回書くネタないよ！

えっと……ともかくですね、従来どおりと革命後のチャーハンを見比べ、食べ比べ、その落差を味わおうと思っていたのに、このままだと今回のネタ、ボツにせざるをえないのか……。

そんな不安にさいなまれつつも、とりあえず革命チャーハンも作ってみるしかありません。

ところが作り始めてすぐ、先ほどの心配は杞憂《きゆう》であったことに気がつきました。やっぱりこの革命チャーハンのほうが、黄色い玉子がお米一粒一粒をきめ細かくコーティングし、だんぜん美しい！　それに、ごはんに油を混ぜておいた効果か、ものすごくほぐれやすく、作りながら慌てることが一切ない！　うんうん、きっと大丈夫だぞ、今回のつつまし酒。

できたチャーハンを器に盛ってみると、やっぱりだ！　さっきのだって相当美味しそうにできた気がしてたけど、比べてみるとオーラが違う！　なんだか、平安貴族ばりの雅《みやび》な気品すらまとっているかのように見えます。

よ〜し、じゃあチャーハン飲みを始めていきましょう。大先生の教えにのっとってウイスキーや焼酎もいいけど、ちょうど家にチャーハンと合わないはずがない紹興酒があったので、今日は

完成です

こいつで！

グラスに砕いた氷をたっぷりと入れ、トクトクトクと琥珀《こはく》色の液体を注いでおいて、いざ、れんげでチャーハンをさっくりとすくいます。

ぱくりとひと口。う〜ん、やっぱり違う。食感はしっとりとしているのにパラパラさもあり、そして玉子の優しい旨味とお米の甘みがしっかりと感じられる。かなりシンプルな味つけにしたのにまったく物足りなさのない、この満足感。これはやっぱり、我が家のチャーハン革命と言えるんじゃないかな。

と、悦に入りつつ、紹興酒のロックをちびり。こっくりと甘く、それでいて爽やかな香りが、チャーハンで油っこくなった口をさっぱりとさせてくれ、いつまでもその流れに身をまかせていたくなるループですねぇ……。

ロックでやるのが好きでね

ここで試しに、さっき作った従来チャーハンのほうも味見してみます。もぐもぐもぐ。あ～、なるほど。なんていうんでしょう、もちろん本格中華のようなパラパラ感はない。かといって、町中華のようなしっとりとも違う。強いて言えば、べちゃっ。同じ材料で作ったにもかかわらず、味にもどこか雑味を感じる。たとえて言うならば、大学時代に料理上手を自称する同級生男子がふるまってくれたチャーハン。

もちろん、美味しくなくはないんです。だって、今まで我が家では、このチャーハンをみんな喜んで食べてたんだし。けどやっぱり、もう革命前の世界には戻れないなぁ……。

ところで最後に、もうひとつ有益な情報を。これは以前、節操なくいろんな料理が揃ってる居酒屋で飲み会をしていた時に偶然発見したんですが、実はチャーハンには「わさび」が合う！

油たっぷりなので辛味はほとんど感じず、わさび独特の風味が米の甘みをさらに引き立たせ、口中に爽やかな風をもたらしてくれるんですよね。

お酒のつまみにする時には、特にいいですよ。


〈２０２１年９月３日〉

丸ごと！とんかつ屋サンド

サンドイッチは食べやすい

アウトドア用の折りたたみ椅子を持って広々とした公園や川沿いなど好きな場所に出かけてゆき、そこでひとときぼーっと過ごすだけの行為に「チェアリング」という名前をつけ、数年前から楽しんでいます。

その際、お酒を飲むことも多いのですが、おつまみに「サンドイッチ」が非常にいいんですよね。サンドイッチって、言ってしまえば「薄いパンで食べやすく挟んでくれてある味の濃いおつまみ」。そもそも、カードゲーム好きだったイングランド貴族のサンドウィッチ伯爵が、ゲーム中にでも手軽に食べられるように生み出したという逸話もあるくらいなので、そりゃあ食べやすくて当然って話なんですが、その便利さを今さら実感するという。

最近、特に気に入っているのが、とんかつ専門のチェーン店「さぼてん」の「ミックスかつサンド」。手頃なサイズのボックスに、ヒレかつサンド、チーズミルフィーユかつサンド、エビかつサンドの3種類が入って５００円。もはやこれ、食事というより酒のつまみなんじゃないかというちょうど良さなんです。

「さぼてん」へゴー！

このかつサンドに限らず、地元にあるさぼてんのテイクアウト専門店が、僕は大好き。とんかつといえばロースカツ一択の人生を送ってきた僕ですが、さぼてんのロースカツは最小単位が大きな1枚で、約５００円する。ところが「ひとくちヒレかつ」は、ひとつ税込み１８５円。ある日、おつまみにちょうど良さそうだなとひとつ買ってみたら、これがなんと……おつまみにちょうど良かったんです！

サクサクの衣に包まれた、想像してたよりずっと柔らかい豚ヒレ肉。そのしっとりとした旨味がとても美味しく、ヒレかつってこんなにもいいもんだったんだと、さぼてんから教えてもらったというわけで。

「さぼてん」の「ミックスかつサンド」

これに単品の「イカフライ」165円也を加えた2点セットが、お昼ごはんのおかずにも、お酒のつまみにもすごくいい。さぼてんにおける僕の定番。可能であれば、〝パリちゃんセット〟として大々的にプッシュしてほしいほどに絶妙な組み合わせなんですよ。

以上のようなことを、なかなかはかどらない仕事をよそにぼーっと考えていたら、突然思いついてしまった。あ！　あのヒレかつとイカフライをサンドイッチにしたら、と～っても具合がいいんじゃないの!?　って。

よし、もう仕事はいったんいいや。さぼてんへゴーだ！

カキフライサンドが絶品！　イカフライは…

というわけで、ひとくちヒレかつとイカフライ。それから「カニクリームコロッケ」（180円）、「海老フライ」（315円）、「大粒カキフライ」（195円）、の合計5点を買ってきました。

今からこいつらを、合わせて買ってきたバターロールパンに挟んで、ぜ～んぶサンドイッチにしてやるぞ！　へへへ、こりゃ～前代未聞、人類未踏の領域だ～。

それぞれのカツに、せっかくだからと買ってきたさぼてんオリジナルソースをドボドボとかけ、切り込みを入れたロールパンに挟んでゆく。海老フライとカキフライにはタルタルソースも足し

これぞ豪遊

てやれ。あっという間に「丸ごととんかつ屋サンド」の完成！

　ヒレカツサンド、カニクリームコロッケサンドはまだわかります。が、それ以降の、カキフライサンド、海老フライサンド、イカフライサンドが未知の領域。そりゃあ、まずいってことはないだろうけど、はたして……。まぁ、とりあえず発泡酒を用意して、はしから片づけていってやりましょう。

　まずはヒレカツサンド。これがもう、いきなり感動的な美味しさ！　サックサクのカツにソースの酸味と甘み。豚肉の食べごたえ。それを包み込む、バター香るふんわりパン。僕、カツサンドって好きでよく市販のものを買うんですよ。だけど、手作り（と言っていいのか？）するだけでこんなにも美味しいとは！　しかも原

大迫力！

価、ひとつ200円ほど。これからは、家でカツサンドが食べたかったらこうすればいいんだな。

　続くカニクリームコロッケサンドも安定の美味しさ。昔ながらの町のパン屋さんの惣菜パンを思い出しますね。

　海老フライサンドなんて大ごちそう。考えてみれば、ミンチにしたプリプリの海老を使った海老カツサンドなんて、定番だもんな〜。それの荒々しい版というか、漁師のサンドイッチというか。

　そんでもって美味しさにびっくりしたのがカキフライサンド！　基本の構成がカツサンドなのでまずは見知った味がするんですが、だんだんとタルタルのまろやかさとともに、海のミルクの旨味が口に広がりだす。これが新感覚。調べてないからもしかしたらもうあるのかもしれないけど、「カキフライサンド専門店」を出したらこれ、一攫千金の可能性あるんじゃないすか？

　こんなに簡単に作れてしまったのに、どれもこれも絶品、かつビールがすすんでしかたないな〜。サンドイッチ飲み、あらためて最高！

　あ、最後にイカフライサンドですが、「具なし」というか「無」というか、とにかく主張の薄いカツサンドを食べたような感覚がまずやってきて、それでもめげずにもぐもぐと噛んでいると、「あ、そうだそうだ、君、いかだったよね」というおくゆかしい風味が、おずおずと顔を出します。その瞬間にくすりと笑っちゃうようなかわいい味というか、素直にごはんと合わせといたほうがいいというか。

　それはそれでおもしろい体験だったので、ご興味があればお試しあれ。


〈2022年2月11日〉

ついに誕生！プレーン缶チューハイ

僕の考える「チューハイ」の定義

どんなにこの日を待ちわびたことか……。我々のような、一部の偏執的酒飲みが……。いやね、ついに、ついにこの世に産声をあげてくれたんですよ。正真正銘「プレーン」の「缶チューハイ」が！

って、いきなり僕がなにを言ってるんだかわからない方もけっこう多いと思いますので、順を追って説明させてください。

まず、そもそも「チューハイ」とはなにか？　チューハイとは「焼酎ハイボール」の略。「ハイボール」はみなさんご存じ、ウイスキーの炭酸割り。その名前の由来には、「スコットランドのゴルフ場でウイスキーのソーダ割りを飲んでいた人物のもとに高〜く打ち上げられたボールが飛んできたことから」とか「グラスのなかで上昇する泡をボールに見立てた」とか諸説あるそうなんですが、とにかくそんなハイボールの焼酎版。つまり、「焼酎を炭酸水で割った飲みもの」

がチューハイということになると思います（もっと広義の意味で使う場合もありますので、異論反論はご自由にどうぞ）。

じゃあ「プレーン」とはなにか？　辞書で英語の意味を調べてみると、「淡泊であっさりしたさま。装飾のないさま」というようなことになっているようです。この「装飾がない」という点がポイントで、世の中には「レモンサワーとチューハイってなにが違うの？」って方も多く、いやそういう方が大多数だとは思います。が、我々にとってはぜんぜん違うの！　だってレモンサワーにはレモンの風味がたっぷり入っているじゃない。装飾しちゃってるじゃない。

つまり我々は、チューハイと言ったらそれは焼酎を炭酸水で割っただけのものを指していてほしい。しかも焼酎は、極力味のない甲類焼酎であってほしい。え？　芋焼酎のソーダ割り？　そりゃあ大好きですけども、芋要素が装飾に当たるんじゃないかなぁ〜。あれは「芋ハイ」という別の飲みものなんじゃないかなぁ〜。

少なくとも我々はそう考える。ね？　めんどくさいでしょう。あと、さっきから連呼してる「我々」って、一体誰のことなんでしょう。

チューハイと缶チューハイは別もの

つまりですよ。たとえばてきとうな居酒屋にふらりと入り、メニューにチューハイを見つけて注文する。出てきたグラスを見ると、氷の上にカットレモンが2片ほどのっている。なんだかお酒のほうも完全な透明じゃなく、若干にごっているように見える。嫌な予感がし、おそるおそるひと口。すると、しっかりと甘みや酸味がついている。あ〜も〜、違うじゃんこれ〜、チューハイじゃなくてレモンサワーじゃん〜……と、我々は心密かに憤るのでありました。

　チューハイってのはね、味があっちゃいけないんですよ。アクセントとして許せるのは、薄切りのレモン1枚までかな。そのくらいなら味にほぼ影響がないし、あれはまぁ、装飾ってよりは「おしゃれ心」の範疇な気がする。わかるわかる。ちょっと背伸びしてみたいお年ごろなんだよね？

　そもそもなんでそんな味のないものを好んで飲むのかって言われると、自分でもよくわかんないんですけどね。だって確かに、ものすごく「オイシー！」ってものでもない。だけどなんだか体になじむ。いつまでも飲んでいられる。酒に疲れた心身を癒してくれる（?）。

　さて、そういう視線でもってコンビニへ行き、お酒の売り場を眺めてみてくださいよ。そりゃあもう色とりどりの、缶チューハイと呼ばれる商品が並んでいるでしょう。でもね、そのなかに、厳密な意味でいうところの「チューハイ」がありますか？　いや、ない。あれは「缶チューハイ」っていう別ジャンル。そりゃあ僕も好きですよ缶チューハイ。だけど基本的にどれも甘すぎるんだよな。飲めて1日に1本が限度。そういう理由で我々は、そのラインナップの多くが甘くなくてキリッとしている、タカラ「焼酎ハイボール」を猛烈に支持するわけなんですね。

宝焼酎のそこにシビれる！　あこがれるゥ！

ところがその焼酎ハイボールだって、完全なるプレーンチューハイではない。「ドライ」というもっともシンプルなテイストは定番商品ですが、あれも東京下町を中心に歴史のある「元祖下町ハイボール」（それについて語りだすと、連載1回ぶん使わなくてはいけなくなるのでまたこんど）を意識した、絶妙な味と香りづけがしてあるわけです。

ちなみに、これまでもっともプレーンチューハイに近かったのはおそらく、同じくタカラの「canチューハイ ドライ」。ただこれも、11種類の樽貯蔵熟成酒を贅沢に使っているわけで完全なプレーンとは言えず、かつ一般の缶チューハイよりはちょっと価格帯が上の高級品。さらに店頭であまり見かけないということもあり、ドンピシャな商品であるとは言えなかったのが正直なところ。あ、念のため、あくまで「プレーンチューハイは」としての話ですよ。

こちら！

ところがさすが我らのタカラさん。このたび、ついに発売してくれたんです！　理想的とも言える「缶のプレーンチューハイ」を！　……っていう話なんですよね。今回僕がしたかったのは。長くなったなぁ、もう。

その商品というのが、２０２２年３月１日に発売になった「タンチュー」。そう、ずばり「炭酸焼酎」の略ですよ。

パッケージにあるとおり、アルコール度数７％のシンプルな炭酸入り焼酎。使われている焼酎は、オーソドックスな宝焼酎に樽貯蔵熟成酒を３％ブレンドした「極上宝焼酎」ではあるものの、その樽熟成感はほんのりとしたアクセント程度。というかバカ舌の僕にはほぼわかりません。

グラスに注ぐと、まず見た目の透明度からし

見てやってくれこの透明感

て「これぞプレーンチューハイ！」と嬉しくなってしまいます。シュワーっという心地よい音を聞きながらグラスを口に近づける。いざ、ごくりとひと口。あぁ〜〜〜！　これこれ！　これですよ！　究極にシンプルだけど奥深い、まさしく名酒場のプレーンチューハイの味！

なかには、「ならさ、普通に焼酎を買ってきてさ、炭酸水で割ったらよくね？」と言う人もいるでしょう。確かに日々の晩酌では僕もそうしています。けどそういうことじゃないんだな〜。焼酎を作って１５０年以上の歴史を誇る宝酒造が、こだわりの焼酎と強炭酸水を使い、絶妙なバランスでブレンドしてくれたプレーンチューハイ。その贅沢さなんですよ、味と一緒に飲んでいるのは。それに重要なのは、このたった１種類の新商品がコンビニの棚に加わったことによる選択肢の広がり！　これからはいつどこにいたって、思い立ったときにプレーンチューハイが飲めるんですから。

ちなみにこちらの商品、たとえばレモンをひと搾りするなど、「お好みのものを加えてお楽しみください」というのが正規のコンセプトのようです。そりゃあそうだ。味のないプレーンなチューハイをこんなにもありがたがるのは、さっきからたびたび登場する「我々」くらいのもの。でも確かに、味変もまた楽しいはず。だってそれってもはや、僕らの愛するタカラ「焼酎ハイボール」の、まだ発売されていないオリジナルテイストが自由に作れるということですもんね。

僕は梅干しって、はちみつ入りの甘めのやつが好きなんですが、今日はちょっと贅沢に、紀州南高梅のはちみつ入り梅干しを買ってきました。それをタンチューにぽちょん。「チューハイ梅入り」ってやつですね。こんなのさ〜もうさ〜、最っっっ高に決まってるじゃないですか！

以前、ライター&飲み友達のスズキナオさんと一緒に「さまざまなスパイスをチューハイに足してみる」という実験をしていてものすごく気に入り、その後個人的定番となった「ターメリック入りチューハイ」。透明度の高い液に鮮やかなイエローが、どこまでもプレミアム。

ふと、「そういえば買ってあったよな」と思い出し、桜の花を塩漬けにした「桜茶」をタンチューに加えてみました。本来はさっと洗って塩を落とし、お湯で戻して飲むものですが、むしろ洗わないくらいのほうがほんのりした塩味がアクセントになって、チューハイには良かったです。

かたわらに浅漬けでも用意して、ようやく長くなってきた日が沈む前あたりからこいつを一杯。
「あぁ、春が来たな〜」ってなもんですよ。

〈2022年3月11日〉

たとえばこうとか

もしくはこうとか

いっそこうとか

まるごとカマンベールチーズフォンデュ

チーズを直接？

数年前、とある連載記事用の取材で、担当編集さんとふたり、秋川渓谷の河原でバーベキューをする機会がありました。当然、道中のスーパーで食材をあれこれ買い込むのですが、その時編集さんが「パリッコさん、これも焼きましょう！」と提案してくれたのが、なんと「カマンベールチーズ」。丸い石鹸《せっけん》のような形をしたチーズで、周囲が白カビに覆われた皮のようになっている、あれです。

僕にはチーズをバーベキューで焼くという発想がなくて、「焼いたらどろどろになっちゃうのでは？」とも思ったのですが、おもしろそうだしと賛成。で、いざ河原に到着し、焼き網に、肉やら野菜やらと一緒に、そのカマンベールチーズをころんと置いておいたんですね。するとどうでしょう。チーズは数分でぐつぐつしだし、それでいて周囲の皮がしっかりと形状を保っていて、どろどろと網からたれ落ちていってしまうようなことはない。そこで編集さんがおもむろに、チーズの上部にぐるりとナイフを入れると、内部はチーズフォンデュソースのような状態に。そこに焼けた肉や野菜をつけながら食べてみたらば、これが夢のような美味しさ！　次からは、バーベキューをするときは絶対にカマンベールチーズを持っていこうと心に決めたのでした。

が、そもそも僕は、そんなに頻繁にバーベキューをするほうじゃないんですよね。あぁ、あのカマンベールチーズフォンデュ、美味しかったよなぁ、また食べたいなぁ、とたまに思い出しては、でもな〜、準備やらなんやら、面倒なんだよな〜……と、煮え切らない態度で無駄に時間だけを消費していたのでした。

完全にチーズフォンデュの器だ！

ところが、突然のひらめきが僕の脳内でスパークしたのは、ほんの数日前のこと。よく考えたらあのチーズフォンデュ、わざわざバーベキューの準備をしなくても、ホットプレートで再現できるんじゃないでしょうか？　というか、なんでそんなことに何年も気づかないでいたんでしょうか？

こんな感じで

よ〜し、試してみよう！

さっそくスーパーへ行き、「明治北海道十勝カマンベールチーズ　まるごとホールタイプ」を買ってきました。開封し、上部にぐるりと切り込みを入れたらホットプレートにそのまま、ぽん。

さらに周囲にフォンデュしたい食材を並べ、ホットプレートのスイッチオン。さてさて、はたしてうまくいくかどうか……。

食材第1弾は、鶏もも肉、チョリソー、マッシュルーム。しばらく待っていると、まずはチョリソーに焼き目がつき始めましたよ。

そこでビールをグラスに注ぎ、チーズフォンデュはひとまずおいといて、焼けたチョリソーをつまみに飲み始めることにしましょうかね。

焼けたチョリソーに焼肉のたれをつけて、パ

ぱかっ！

リッとひと口。すかさずキンキンに冷えたビールごく～！　う～、たまらん！　あの、これは前から思ってたことなんですけど、焼いたソーセージに焼肉のたれをつけた味こそが〝バーベキュー味〟って感じがしません？　ほとんどバーベキューでしかやる機会がなく、だからこそバーベキューを象徴する味というか。つまりなにが言いたいかというと、もうこの時点で完全にバーベキュー気分。フォンデュがうまくいくかどうかはおいておいて、すでに超楽しい～！っていう話なんですけれども。

　しばらくすると、本題のチーズのほうに明確な変化が現れ始めました。熱で中身が膨張したのか、ぐるりと入れた切れ目の部分がフタのように盛り上がりだしましたよ。そこでフォークを横からさし込み、ぐぐっと持ち上げてみると

フォンデュ開始！

……お〜！　なんと、フタ部分がおもしろいようにぱかっと外れ、これはもう、完全にチーズフォンデュの器だ！　いよいよ本番、フォンデュタイムのスタートです！

大発見！　かと思ったら……

ぐつぐつと煮えたち、「早く好きな食材をどっぷりと浸しちゃってください！」とでも言いたげなカマンベールチーズ。もちろんそうさせていただきますと、まずはじわじわと湧き出すエキスをくぼみにためた、マッシュルームをとぷん。するとこれがも〜！　きのこ特有の強い旨味と、濃厚なチーズの味わいが絡み合い、うっとりするばかりの美味しさ。

続いて、鶏肉、チョリソー、ズッキーニ、ミニトマトと夢中で食べすすめますが、どれもこれもただ鉄板で焼いただけとは大違いの、〝贅の極み〟とでも表現したくなる味わいで、ビールがすすんでしょうがないっす！

さてさて、ここらでお酒をキリッと冷やした白ワインに切り替え、本日のひとりフォンデュ大会も佳境へと突入。次なる追加食材は、カットした食パン＆海老だっ！

マッシュルーム

そりゃあ合う。白ワイン

贅沢に海老を投入！

最後まで美味しかった

たっぷりとチーズをまとった、奮発して買った大ぶりの海老。それをぷりんと噛みしめて飲む白ワインの爽やかさ。鉄板で表面を香ばしく焦がした食パンのふわり、さくり、とろ〜りの食感と、恍惚《こうこつ》の美味しさ。いやはや、ちょっと度が過ぎるぞ、ホットプレートカマンベールチーズフォンデュの楽しさ！

気がつけば、フタのようにぱかっと外して鉄板にのせておいたチーズと鶏肉がホットプレートのすみで融合し、絶妙なる「チキンのチーズ焼き」が勝手にできあがっているのも嬉しい。

それらを最後まで無我夢中で食べつくし飲みつくしたらば、最後にホットプレート上に残ったのは、もはや単なる「器」となり果てた、カマンベールチーズの皮のみ。

ところがその器がこれまた、勝手にぱりっぱりのチーズせんべい状態になっておりまして、うまい！　そいつをつまみにワインを飲み干した時の達成感たるや……。

あらためて考えてみると今日やったことって、いつものホットプレート焼肉に、ただぽんとカマンベールチーズをのせただけなんですよね。それでここまで感動できるって、まじ、革命だわこりゃ……。

と思って今、ふと「カマンベールチーズ　フォンデュ」というワードでＷＥＢ検索してみたら、出るわ出るわ、同様のレシピ。

な～んだ、みんな、やってたならもっと早く教えてよ～！

〈２０２２年７月１日〉

第2章

チェーン店日和

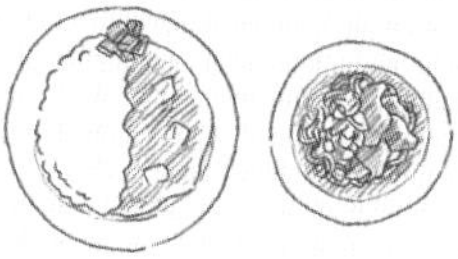

ザ・ロイヤル・アフタヌーン

マリリン・モンローも食べたオニオングラタンスープ

「ファミレスで一杯」が、当たり前の時代になりました。

王者はやはり「サイゼリヤ」でしょうか。あの驚異のお手頃さと酒飲みのツボをおさえまくったメニュー構成は、そんじょそこらの居酒屋では対抗できないほど。他にも「ジョナサン」ならばミニボトル焼酎「麦楽」とドリンクバーのセットにクリエイティビティを刺激されますし、中華料理に紹興酒なら「バーミヤン」、ガッツリ肉系料理をつまみにぐいぐい飲みたければ「ガスト」のハッピーアワーなど、それぞれの持ち味を生かした楽しみかたが魅力。ところがこれまで、僕にとってはあんまり縁がなかったファミレスがあります。それは「ロイヤルホスト」。なぜ縁が薄かったかって、そりゃあ〝少々お高そうだから〟につきるわけですが、先日、ロイヤルホストの歴史を紹介するＴＶ番組を見ていて、がぜん興味が湧いてきました。

ロイヤルホストが誕生したのは１９７１年。場所は福岡県北九州市で、戦後の洋食文化をいち早く取り入れ、庶民でも気軽に訪れられて、ちょっとしたスペシャル感も味わえるレストランとしてオープンしたんだそう。その後全国的に店舗を増やしてゆく快進撃はみなさんご存じのとおりだと思うんですが、なかでも特に気になったのが「オニオングラタンスープ」の存在。

なんでも、ロイヤルホストの原点となったお店は、１９５３年に福岡に開店した本格フランス料理店「ロイヤル中洲本店」（現「レストラン花の木」）。そのオープンから３ヶ月後、かの名女優マリリン・モンロー&ジョー・ディマジオ夫妻が、新婚旅行を兼ねて福岡の米空軍基地を慰問した際に食事をし、ロイヤルのオニオングラタンスープを「お気に召した」んだとか。そのへんの事情にあまり詳しいほうではないんですが、とにかくモンローさんがお気に召されたんなら間違いないし、食べてみたいでしょう。

で、その後の１９８６年、ロイヤル伝統のレシピを受け継ぎ、ロイヤルホストでもオニオングラタンスープの提供を開始。つまりその〝モンローグラタンスープ〟が、いつでも気軽に味わえてしまうというわけで、こりゃあ行ってみるしかないべさ。

昼飲み向きのセットを発見

ある晴れた昼下がり。最寄りのロイヤルホストへとやってきました。

さっそく通してもらった窓際の席から眺めると、開放感のある店内は、老若男女幅広いお客さんで大盛況。そうか、僕があんまり来なかっただけで、大人気なんだなぁ、ロイホ。

ＢＧＭに、なんだかよくわかんないけど古き良きアメリカを感じさせるようなインスト曲が流れ、店内のどこか昭和的なテイストも相まって、伝統を感じるというかなんというか、すでにけっこうグッときてます。僕。

いざ重厚なメニュー表に目をやると、ぐお、やっぱりなかなか高級な価格帯だ。ふと「アンガスサーロインステーキ（４５０g）＆天然海老フライと紅ずわい蟹のクリームコロッケ」なんていう夢のように美味しそうなメニューの値段に目をやると、税込みで……ご、ご、５１４８円!?　もちろん、１０００円台で食べられる比較的お手頃なランチや、もっとリーズナブルな単品料理もいろいろあるけれど、やっぱりここは、僕にとってはまだちょっと背伸びが必要なレストランだな。

とにかくあれだ。オニグラ。それが第一目標。単品で４９５円か。たぶん倍量と思われる「ダブルオニオングラタンスープ」が、９６８円。でもな、う〜ん。そりゃあオニグラを目指してやってきたわけだけど、単品のそれをひたすらズルズルするというのも、ちょっとわびしい気がする。

なんつってさらに検討していると、なんともおあつらえ向きのメニューを発見しましたよ。大

「オニオングラタンスープ」

皿に数え切れない種類の野菜がのり、さらにガーリックトーストとオニグラがセットになった、「食いしんぼうのシェフサラダ ブランチセット オニオングラタンスープ」１４０８円！ これこそロイヤルな昼飲みにぴったりそうなメニューじゃないですか。そこに、どうせ飲むから最終的にお得だろうと、グラス約４杯ぶんあるという「デキャンタワイン（白）」１１８８円をプラスして、合計２５９６円。ランチ飲みとしてはつつましくもないけれど、たまの贅沢としてはありな値段でしょうかね。

　よし、あとは楽しむばかりなり。ザ・ロイヤル・アフタヌーン！

お熱いのがお好き

しばし後、まずやってきたのは「やば、これ、飲み切れる……?」ってくらい頼もしい量のデキャンタワインと、オニオングラタンスープ。時間がかかりそうなイメージがあって、サラダが先とばかり思ってたんで意外でしたが、ではこの組み合わせで始めていきましょうか。

小ぶりながら威厳を感じる器に、ちょうどぴったり収まった輪切りパン。その上にはチーズとパセリ。下にはひたひたにコンソメスープという構成でしょうか。

まずは表面にスプーンを当て、スープをすくって飲んでみます。うわ〜これは、濃いな〜! 味がじゃなくて、情報量が濃い。さまざまな食材の旨味が凝縮されたコンソメスープに、チーズのコク、ぎりぎり液状の手前を保っている玉ねぎの甘さ、ほんのりと心地いい酸味はなに由来だろうか? そんな、いわば「うますぎ汁」をたっぷりと吸い込んだパン。お次はこれをスプーンでちぎって食べてみます。あつっ! こんなに熱いものがこの世に存在するのかってくらいあっつっ! あ、でもう

とろんとろん

テーブルの上がお祭り騒ぎに

ま！　うまいうまいこれ！　そりゃあそうだよ。だってあんなにうまい液体を、ただでさえうまいパンが限界まで吸い込んでるんだもん。

……あれ？　お恥ずかしいことに未見なので間違ってたら面目ないんですが、モンローさん主演の映画『お熱いのがお好き』って、もしかしてそういうこと？

すかさず喉に流し込むキリッと冷えた白ワイン。この組み合わせはやばい。

やがてサラダも到着。これまた豪華っすね～。見たことないくらい立派なアボカドを中心に、種類豊富な野菜。おつまみ力の高いゆで玉子とフライドポテトの存在も嬉しい。さらには、唐揚げやら、ベーコンやら、グリルした海老やらまでも「私たち？　野菜ですけどなにか？」みたいな顔でしれっと混ざり込んでいます。で、

組み合わせ自由

さらにガーリック＆バジル風味のトーストがふた切れ。すごいな〜、これがロイヤル魂か。今僕、その真髄に確かに触れている気がしますよ。

　玉ねぎの甘みと酸味のバランスが素晴らしいドレッシングを全体に回しかけ、あっちをつっつき、こっちをつっつき。白ワインごくり。どの野菜もびっくりするくらい味が濃い。トーストはそのままでもつまみになるけれど、ベーコン＆ゆで玉子なんかをのせちゃうともはや一品料理だ。白ワインごくり。おっと、まだオニグラも残ってたんだった。何度口に運んでもびっくりするな〜、この濃厚さ。白ワインごくり。え〜と、白ワインごくり……白ワインごくり……白ワインごくり……いやそれにしても頼もしいな！　白ワインの量。

　あ〜優雅だった。大満足だった。ロイホ昼飲み。そもそも僕、生活にロイヤル分が不足しがちな男なので、そんなときはまた成分を補給に伺おうと思います。

〈2022年3月4日〉

「天一であっさりを頼む」という冒険

しょ、正気ですか？

先輩ライターの安田理央さんが、突然、なんの前ぶれもなく、ＳＮＳにこんな投稿をしていたんです。

「天一であっさりラーメン食べてみた」

いや〜、びっくりしたなぁ。死ぬかと思った。

あ、説明不要かもしれませんが、「天一」というのは、京都発祥の人気ラーメンチェーン「天下一品」のこと。１９７１年、創業者の木村勉さんが、３年９ヶ月もの試行錯誤の末に生み出した「こってりスープ」。それは濃厚という概念を超え、もはやどろどろ。それでいて、鶏がらと十数種の野菜が味のメインで、意外にもしつこさはない。この一度食べたらクセになるスープがラーメン業界に革命を起こし、今や日本全国ばかりか、ハワイにまで支店を出店。いちラーメン店の枠を超え、もはや「天一」というジャンルにまでなっているわけです。

これこれ！

その人気を支えているのが、くり返してしまいますが、こってりスープ。確かに噂には聞いたことがありました。天一にはこってりの他に「あっさり」というメニューもあることを。だけど、聞いたことないですよ。少なくとも知り合いで、それを注文したり、食べたことがあるなんて話は。完全に都市伝説だと思ってました。そんなある日、突然目にした、冒頭の投稿。

「あれ？　今日ってエイプリルフールだっけ？」

と思って確認すると、だいぶ日にちが過ぎている。というか、安田さんの投稿には、きっちりと写真までついている。どうやら、単なるウソということではなさそうだ。しかも「美味しかった」とまで書かれている。えー！　美味しいんだ。天一のあっさり。どんな味なんだろう?! がぜん興味が湧いてきたぞ。食べてみたい！

というよりもむしろ、挑戦してみたい！「天一であっさりを頼む」という冒険に。

いざ天下一品へ！

そこで、やって来ましたよ。「天下一品 池袋西口店」。店の前に立ち、あらためて外観を眺めてみると、ほら、やっぱり。のれんに、それが店名と勘違いしてしまう人すらいそうなくらいに、どーん！ と、「こってりラーメン」の文字。そうだよ。ここはあくまでも「こってりラーメン屋さん」なんだよ。うわ〜、謎に緊張してきたぞ……おれよ、本当に頼めるのか？ この店で、あっさりを。

しかも間の悪いことに、うっかり思いっきり昼どきに来てしまった。狭めの店内の中央、そして壁に沿ってカウンター席がずらりと並びますが、ほぼ満員。もちろん、僕の確認したところ全員、こってりラーメンを食べています。

何食わぬ顔で席についたらば、脳内でいったん予行演習をしておきましょうかね。

「すいませ〜ん、こってりください！ ……じゃなかった。え〜と、あ、あ、あってり……じゃなくて……こ、こってり？ じゃないんだってば！ あ、あ、あっさて？ あさって？ だめだ冷静になれ。え〜と、あさ、あっさ……あっさり！ そうだ、あっさりください！」

3分ほど練習し、なんとかいけそうな気がしてきました。いよいよ店員さんを呼びましょう。と、その前に、せっかくだからビールも飲みたい。けれども、あっさりラーメンが、本当に究極にあっさりとした、白湯《さゆ》にほんのりと醤油を溶いただけのようなものだった場合、それをつまみに瓶ビール1本を飲み切れる自信がない。ここは〝おさえ〟のつまみが必要だろう。と検討すると、「ネギチャーシュー（3枚）」ってのがちょうどよさそうじゃないですか。

そうそう、「どこにもない味」なんだよな〜

ようやく店員さんを呼び、いざ注文。「瓶ビール、ネギチャーシュー3枚、それから……ラーメンの並、あっさりで」。その瞬間、確かに店内がざわついた気がしました。むこうで後ろを向いてこってりラーメンをすすっていたおじさんにいたっては、小声で「えっ!?」と言ったような気がしました。いや、気持ちはわかりますよ。僕だって同じ状況なら、驚いちゃうに違いないもん。

「ネギチャーシュー（3枚）」（280円）と「瓶ビール」（600円）

あっさりラーメンの味は……

　とにかくすべての準備は整った。あとはこの、日常のなかの冒険を堪能しつくすだけだ。なんて興奮していると、まずはビールとネギチャーシューが到着。

　あら。ネギチャーシュー、お手頃な割にずいぶん立派ですね。薄めだけどでっかいチャーシュー3枚に、たっぷりのねぎ。ほんのりと酸味もある醬油系のタレがかけてありますが、ここに卓上の「からし味噌」をのせて食べるとさらにいいつまみになるな。すかさずごくごくっとやる、キレ味爽快なスーパードライがうまい！

　なんてことをやってると、ついに到着しましたよ！　人生初対面となる、天一のあっさりラーメンが！

どれどれとどんぶりを覗いてみると……あれ？　なんだかこう、めっちゃ美味しそう……。そういえばメニューに「にんにく薬味入り」「一味薬味入り」「背脂入り」なんて文字が躍ってましたが、そういった香りがしっかりしっかりしっかり漂ってきます。

　いざスープを飲んでみる。うわ！　ううう、うめーー！　がっつり鶏がらの風味が効いた濃いめの醤油スープに豚の背脂がコクを加え、にんにくや一味のアクセントもばっちり。これ、何気なく入ったラーメン屋であっさりラーメンとして出てきたら「注文間違えた？」って思っちゃうくらいにパンチありますよ。そうか、あくまで「天一のこってりに対してのあっさり」。そのアンサーはこの一杯というわけだ。それにしても、さすが伝説のこってりスープを生み出した天下一品。あっさりのほうも、ものすごくハイクオリティなラーメンだ！

　そして意外だったのが、ぷりぷりぱつぱつの麺の美味しさ。今まで食べてきたこってりにおいて、麺はどちらかというと、「スープを口へ運ぶための媒介」という側面が強かった。が、それよりも食感がサラサラとしたスープは、

麺がまたうまい

「あっさりラーメン(並)」(790円)

麺の美味しさをより引き立ててくれるんですよね。歯切れ、すすり心地、小麦の味、どれもしっかりと感じられ、いや〜、天一の麺ってこんなにも美味しかったんだな、と感動。

当初の「はたしてビールに合うのか?」問題などどこへやら。ものすごい勢いで食いつくし&飲みつくし、どんぶりの「明日もお待ちしてます。」の文字も確認し、大満足で店をあとにしたのでした。

いやぁ、新鮮かつエキサイティングな体験だったな。天一のあっさり。これからは天一へ行ったら2回に一度、いや、5回に一度、いや、15回に一度くらいは、あっさりも頼むことにしようっと!

〈2022年4月29日〉

すき家の「牛丼ライト」って、もしかして「肉豆腐」なのでは？

その存在は認識しつつも……

「吉野家」「松屋」と並び、日本三大牛丼チェーンの一角を担う「すき家」。

と、業界の事情に詳しくもないのに独断と偏見で書き出してしまいましたが、たぶんそんな感じで間違ってないですよね？　そんなすき家に「牛丼ライト」という商品があるという話は、以前からなんとなく認識していました。確か、健康管理やダイエットを意識する方のための糖質オフメニューということで、牛丼のごはんのかわりに豆腐が入ってるんですよね。要するに、牛丼の〝アタマ〟が豆腐にのっかってる状態というわけだ。そりゃあもはや、牛丼とは別のベクトルで美味しいだろうな。だってさ、甘辛く煮込んだ牛肉と玉ねぎ、豆腐の組み合わせだもん。うんうん。牛肉……玉ねぎ……豆腐……ん？　あれ？　ちょ、ちょ待てよ！

はい。気がついてしまったんです。それってもしかして「肉豆腐」なのでは？　と。

僕の肉豆腐愛についてはこの連載で何度も語ってきました。居酒屋の定番おつまみである肉豆腐には、驚くほどのバリエーションが存在します。むしろ、ひとつとして同じものがないと言っていい。最低限必要な食材は、なんらかの「肉」と「豆腐」。それさえ入っていれば、どんな組み合わせだろうと肉豆腐を名乗れる。って、そんなまだるっこしい説明が不要なほど、「牛丼ライト」は肉豆腐ですよね。さも「牛丼のいちバリエーションですよ〜」なんて顔をしておきながら！　もう！

そうとわかれば、今夜はすき家の「肉豆腐」で一杯やるぞ〜。

すき家ってもしかして、日本一の店？

と、家の最寄りのすき家にやってきました。

すき家では以前、柔らかく煮込んだ巨大な鶏もも肉がどかんとのった「ほろほろチキンカレー」で飲んだことはある。ただ、カレー好きの僕はそちらにばかり気をとられ、陰に隠した（と勝手に思い込んでいる）牛丼ライトの存在、そしてそれが肉豆腐であるという事実に気づくのがだいぶ遅れてしまった。うかつでしたね。肉豆腐好きとして。

私はこうなりました

　というわけで券売機を前に、今日は迷いなく「牛丼」から「牛丼ライト」のページへと進んでいきます。するとさすがトッピングの豊富さで知られるすき家。なんと、「牛丼ライト」「キムチ牛丼ライト」「ねぎ玉牛丼ライト」「とろ〜り3種のチーズ牛丼ライト」「おろしポン酢牛丼ライト」「高菜明太マヨ牛丼ライト」「わさび山かけ牛丼ライト」「かつぶしオクラ牛丼ライト」と、8種類もの肉豆腐が存在するじゃないですか。しかもそのすべてで「お肉ミニ」「お肉並盛」「お肉大盛」を選ぶことができる。つまりその選択肢の数、24通り！　肉豆腐のバリエーションに限って言えば、すき家ってもしかして、日本一の店？

　さらに驚いたのが、すき家の「飲める店指数」の高さ。先述のトッピングに加えて、ずばり「おかず・おつまみ」なるページまで存在し、その種類も膨大すぎるんです！

他にも、「ほろほろチキン」の単品や、定食のおかずである焼き魚単品なんかも選べたりして、いや〜、自分がいかにぼーっと生きてるかを思い知らされましたね。すき家って、居酒屋だったんだなぁ。

そこで、すき家の券売機の前でこんなにもう〜んう〜んと思い悩んでるやつはそうそういないだろうっていうくらいに時間をかけ、今日僕が組み立てたデッキがこちら。

・牛丼ライト お肉並盛（480円）
・フライドにんにく（60円）
・納豆（90円）
・高菜明太マヨ（150円）
・のり（30円）
・ビール 中瓶（420円）

こうなってるわけね

サポート勢も大活躍

いや～壮観。それでは、詳しい話はあとにしまして、すき家飲みを始めていきましょう。

まずは瓶ビールをかわいらしいオリジナルグラスにトクトクっと注ぎ、ひと口。う～ん、夏のスーパードライはやっぱりうまいな～。また、中瓶で４２０円というかなりのお手頃価格が嬉しいじゃないですか。

さて肝心の牛ど……じゃなかった、肉豆腐。「とろ～り3種のチーズ肉豆腐」や「わさび山かけ肉豆腐」などの変わり種も気になったけど、初めてなのでいちばんオーソドックスなものを選んでみました。

上にのってる牛煮込み部分は、いわゆる通常の甘辛味ですね。上品なだしの風味がしっかりと効いていて、薄切りで口当たりの良い牛肉がたっぷり。これだけでもう最高のつまみ。で、その下に見え隠れしているのが、キャベツ、レタス、にんじん、ブロッコリーなどを中心とした生野菜サラダ。どうやらポン酢ベースのドレッシングであえられているようで、さっぱりとした酸味が甘辛い牛肉と合わさるのも新鮮な美味しさです。

さらにその下、いよいよおでまし絹豆腐。ほんのりとポン酢風味も加わった甘辛汁に浸っているので、そのまま食べてももちろんうまく、それをときに牛肉で巻いて食べたり、ときに野菜と一緒にがさっとすくって食べたり。全体的に味がしっかりしているから、もちろんビールにも合います。

いや〜これは楽しい肉豆腐だな。だってだって、今までに数々の肉豆腐を食べ歩いてきた僕でも、初めて出会いましたよ。冷たい豆腐と冷たい野菜サラダに、熱々の牛煮込みをかけた肉豆腐なんて。

ちなみに、肉豆腐1品じゃ寂しいからと頼んだその他のサイドメニューたち。

60円！

味つけ海苔にのっけて巻いて

まずは「フライドにんにく」なんですが、こんなのはもう、僕の大好きな居酒屋つまみ「にんにく素揚げ」そのものじゃないですか。そこでひと粒ぽいっと口へほうり込むと、なるほど、トッピング用ゆえ、塩気がついてないんですね。それならばと醤油をたら～り回しかければ、はい最高のおつまみに早変わり～。

さらに「納豆」と「高菜明太マヨ」。これはですね、見た瞬間に「ある計画」を思いつきまして、届いた時点で、高菜明太マヨのお皿に納豆をぶち込み、よ～く混ぜておいたんです。

で、しばし肉豆腐やにんにく揚げで飲みすすめ、そろそろかき混ぜられた納豆たちの興奮がおさまったかな～という頃合いで、いざ！

……と食べるのもいいんですけど、ここはさらにおつまみらしく、「海苔で巻いちゃう」なんてどうでしょう?

あ〜こう、納豆ものや「ばくだん」なんかのどろどろ系つまみって、海苔で巻くことによってどうしてこうも酒がすすむんですかね! シャッキシャキの高菜の塩気と明太マヨのコク、さらには海苔というドレスまでまとってしまった納豆。今日のラインナップのなかで、最終的にこいつがいちばん飲めるつまみなんじゃないか? とすら。

と、天文学的なバリエーションで飲めてしまうことが僕のなかで判明したすき家。これからは、普通にごはんを食べる人の集まるピークタイムを外しつつ(それができるのもいい!)、ちょくちょく飲みに行かせてもらおうと思います〜。

〈2022年7月22日〉

安楽亭「ちょい飲みセット」の方程式

ひとり焼肉にあこがれて

焼鳥屋やもつ焼き屋に比べて、「焼肉屋」に行く機会がかなり少ないです。なぜかってそりゃあ、焼鳥やもつ焼きのほうが圧倒的に〝気楽〟だからですよ。注文の量の調整にしても、お財布への負担にしても。なのでもちろん大好きではあるものの、ふだんはまぁ、今日は……スーパーでお肉を買って家でやろうか。となってしまいがち。とはいえもちろん、専門店がこだわりを持って仕入れた肉を、専用の設備で、もうもうと出る煙のことなど一切気にせずに焼いて食らうあの美味しさが、家焼肉とは次元が違うことも知っています。

特に、ひとり焼肉。あれ、妙にかっこいいですよね。実はずっとあこがれてたんです。そこでしばらく前、初心者なのでなるべく敷居の低いチェーン店のランチで、ひとり焼肉に挑戦してみました。行ったのは「安楽亭」。頼んだのはお得なランチセットだったんですが、それでもお肉はもちろん、名物の「ユッケジャンスープ」なんかもすごく美味しくて、これが非常に良くてですね。

で！　こっからが今日の本題。その時に、大手飲食チェーン店ではけっこう実施している「ちょい飲みセット」が、安楽亭にもあることを発見したのです。メニューを見ると、これがなかなかに魅力的。

内容は、それぞれに値段の違う、A、B、C、Dの4コース。ドリンク、おつまみ、肉皿、それぞれのジャンルのなかに選べるメニューが豊富にあり、好きに組み合わせることができます。

【Aコース】ドリンク2杯＋おつまみ1品＋肉皿1皿（1300円）
【Bコース】ドリンク2杯＋おつまみ1品＋肉皿2皿（1600円）
【Cコース】ドリンク2杯＋肉皿1皿（1000円）
【Dコース】ドリンク3杯＋おつまみ2品（1000円）
※すべて税込み

具体的にはこんな感じ。ね？　そそるでしょう。ちなみに最安のC、Dコースは、生ビールは1杯までのしばりあり。また、制限時間は1時間で、プラス200円で飲み放題に変更可能（安い！）。提供時間は、平日の15〜18時の間の注文限定。平日の午後のみという部分が若干浮世離れしていますが、幸いなことに僕はここ数年、浮世とは一定の距離を保った生活を送らせてもらっています。つまり、いつでも行ける！

というわけで数日前、このちょい飲みセットで一杯やってきたわけなんですが……。

安楽亭からの挑戦状

お店に到着し、あらためてメニューをじっくりと眺めます。

まず、Dコースは肉皿がない。つまり、焼肉屋に来た意味がない。じゃあ同じ最安のCコースはというと、いくらお手頃とはいえ、おつまみが肉1皿というのもストイックすぎるか。AかBだな。どちらもドリンクが2杯とおつまみが1品なことは同じで、肉が1皿か2皿かの違い。う〜む、ここは1300円で肉は1皿の、Aコースがちょうどいいか。選ぶ肉を、好物であり、かつ量がダントツで多い「ホルモンMIX」にすれば物足りないということもないでしょう。

よし、決めた！　と店員さんに注文したところ、なんと残念ながら、事情により、現在どの店舗でもホルモンMIXの提供を中止しているとのこと。となると……ハラミかなぁ。と、「牛ハラミ&旨ハラミ（豚）」をチョイス。もう1品のおつまみのほうは、僕が絶対に好きに決まってる「ネギ塩冷奴」。で、飲み放題。なにも制限時間の間に、無理して5杯も6杯も飲む気はあり

牛＆豚ハラミと、ネギ塩冷奴

ません。けれども、たった２００円。１杯の値段としても安いし、保険感覚でつけておきましょうかね。最悪、追加が飲めなくたって痛くない。もはやチップだ。

　さっそくやってきた冷奴をつまみにぐいっと生をやりつつ、肉を焼く。焼けたそばからほおばってはビール。あ〜、これだよこれ。焼肉屋ならではの幸せがきっちりと味わえる。さらには、お酒が飲み放題。結果、ビール、チューハイ、チューハイと３杯飲みました。１時間だとそれでちょうどいい感じでしたね。お肉も奴も本当に美味しかった。合計税込みたったの１５００円で、これはかなりの幸せだぞ！　と、その日は大満足して帰宅したのでした。

　が、その夜、ふとんに潜り込むと、むくむくとある思いが湧いてきます。今日のひとり焼肉はとても良かった。けれども、はたしてベストの選択ができたと言えるだろうか？　他にもっと、自分的満足度を高められる選択はなかっただろうか？

考えだすと止まらなくなっちゃうんですよね。いや、わかってるんです。そもそもがリーズナブルなチェーン店。自分の言ってることが、貧乏くさすぎるってことは。ケチケチせずに好きなもの頼めばいいじゃんって。

けれどもしかしだ。「ちょい飲みセット」なんて名前のメニューが、4パターンも用意されている。酒飲みとしては、そこになんというか「挑まれてる」感を受けとってしまうじゃないですか。「さぁ、君ならどう飲む？」って。

そこであらためて考えてみたんです。先述の4パターンのセット。よりシンプルに考えるため、数式に置き換えてみましょうか。ドリンクを「D」、おつまみを「O」、肉皿を「N」とし、内容を整理すると、このようになりますよね。

A＝2D＋O＋N＝1300

B＝2D＋O＋2N＝1600

C＝2D＋N＝1000

D＝3D＋2O＝1000

この数式を、ただひたすらにじっくりじっくりと眺める。するとなんということでしょう。前回は真っ先に落選した「Ｄ」のお得さが、見れば見るほどに存在感を増してくるんです。

ポイントはやはり「３Ｄ」の部分。だって前回、「１時間だとドリンクは３杯がちょうどいい」という学びがあったじゃないですか。ということは、その他のコースを頼めば、自動的に飲み放題の＋２００円が加算されることになる。さっきはかっこつけて「チップ」なんて言ったけど、払わなくていいというなら、それはやぶさかではない。というかよくよく考えると、お酒３杯につまみ２品で１０００円って、設定ぶっ壊れてないすか？　そうか、Ｄだったんだ！　安楽亭のちょい飲みセットで選ぶべきは！

この時点で僕の頭のなかには、あるもうひとつの計画が動きはじめていました。それは「Ｄに単品で好きなものを１品追加するのが最強なのでは？」というもの。

そこでグランドメニューを見ると、肉皿はもちろん、それ以外にも魅惑の品がいくらでも見つかります。海鮮コーナーの「イイダコくるりん焼き」（４２９円）、野菜コーナーの「焼き野菜盛合せ」（５３９円）、ぶた・とりのコーナーの「ソーセージ」（３０８円）、主食系の「石焼ビビンバ」（８６９円）、「カルビクッパ」（８６９円）、「ユッケジャンラーメン」（７５９円）などなど。数えあげればきりがないんですが、とにかくこういうものをひとつ頼んだって、プラス１０００円でお酒３杯とおつまみ２品までついてくるのがＤコースのすごいところなんですよ！　つまり

Dセット到着

数式に代入するとこうなります（学校で数学を習ったのが昔すぎて、すべて薄い記憶のイメージだけで語っていますが）。

$$D' = 3D + 2O + T = \infty$$

ちなみにこの場合、Tは（追加、単品）を指し、∞は価格ではなく（可能性）を指しています。

証明！ D＋T＝∞

と、話がだんだんよくわからないモードに突入しはじめましたが、とにかく僕には、この数式が正しいかどうかを証明する義務がある。もう一度、安楽亭へ行かねばなるまいて……。

はい。来ました。すぐに来ました。すでにおなじみとなったちょい飲みメニューをあらためてくまなく眺める。

まずコースは、迷いなくD。ドリンクの1杯目は、迷いなく生。そしてつまみは……検討に検討を重ねた結果、「コク旨!ネギキムチ」と「ぶっかけ海苔ごはん」だな。

なにはともあれ、まずは生ビールでのどを潤しましょう。ごくごくごくっ……あ〜! 焼肉屋の生ビールって、なんだか妙にうまいですよね。別にまだ焼肉食ってもいないうちから。

そしたら始めていきましょう。実は、どういうものかよくわかっていなかった、ぶっかけ海苔ごはん。ですが、ふつうの白メシではなくて、海苔でなんらかのアレンジが加えられたものであることは想像に難くありません。はたしてそのとおり。お茶碗に盛られたごはんにごま油がかかり、ちぎられた韓国海苔がたっぷりとのった一品でした。

よし、狙いどおり! つまりどういうことか。おつま

卓上調味料の「ヤンニム」や「コチュジャン」を加えると、もはや小粋なおつまみ

みのラインナップのなかでも、なるべくちびちびとつまめて長持ちするものを選びたかった僕は、この海苔ごはんそのものをつまみにしてやろうと考えたわけですね。ネギキムチを選んだ理由も同様。この2皿だけで、1時間余裕でいける！　よし、いけるいける！

そしてそして！　ここで今日の僕の「T」、つまり単品追加メニューを大発表したいと思います。それが、安楽亭の看板メニューであり超王道の「ファミリーカルビ」！　ファミリーの部分の意味はわからないのですが、とにかくリーズナブルで量もたっぷりで、脂もたっぷりのわんぱくなお肉。

つまりこれにより、Dコースの「焼肉屋なのに肉がない」問題をクリアしたというわけですね。あとはもう、都合3杯頼めるお酒と、海苔ごはん、ネギキムチ、カルビを堪能するのみだ！

カルビを網にのせたとたん、景気よく燃えあがる炎。これなんだよな〜、家とは違う焼肉屋の魅力。直火でガンガンに炙られた香ばしい焦げ目と、煙の香りのアクセント。あっという間に焼けた熱々の肉をジュッとたれにつけ、ぱくりとほおばる。瞬時に口いっぱいにあふれだすジューシーな脂！　牛肉の旨味！　よ〜く味わったのちにそれを洗い流す、生ビールのうまさ！　最高〜！

もちろん、上部の1／3ほどをつまみにしてしまい、ほんのりとごま油風味のただのごはんになった、元海苔ごはん。彼には、〝肉の伴侶〟としての第2の人生、いや米生を送ってもらいま

「ファミリーカルビ」(539円)

す。いや〜、カルビ焼肉と白米の相性ってさ、ぶっちゃけ、カレーとライスの相性にすら肉薄してますよね？　……もはやテンション上がりすぎて、なに言ってるかわかんなかったらすみません。

ファミリーカルビは大ぶりの肉が5枚。加えて、ちびちびとつまめるネギキムチもある。前回の訪問にも増して、心に余裕のある飲みになっている気がする。やっぱりあの数式は間違っていなかったんだ！

というわけで、2杯目はハイボールを注文し、刻みねぎがたっぷりのったお宝肉をじっくりと焼いたりしながら、じんわりと、ひとり焼肉飲みの、そして、自分の提唱した数式が間違っていなかったことの喜びを噛みしめます。

ねぎたっぷりのお宝カルビ

そしたらいよいよ大フィナーレ。残り1／3ほどになったほんのりごま油風味のごはんに、残ったネギキムチ、カルビ1枚、自家製ラー油っぽい調味料であるヤンニムをどさどさとのせてゆき、それを一気にかき混ぜちゃう！

これが！　あなた、ちょっと聞いてくださいよ。あ、ここまで長々と話につきあってくれてる時点で、聞いてるか。とにかく、あのですね、これがあなた、もうね、専門店の絶品ビビンバそのものの味なんですよ！　「ちょっとひと工夫で、それっぽい〜」みたいな話じゃない。超〜絶品の、ビビンバそのもの！（と、断言することで自分にも言い聞かせています）

最終的に誕生してしまったそいつをスプーンでちみちみつまみつつ、残り1杯のお酒として頼んだチューハイをぐびりぐびり。今、僕の心を満たしているのは心地よい満腹感と、満足感。そして、それ以上の、達成感。顔も知らない安楽亭の社長さんの、「パリッコくん、よく、ここま

よ〜くかき混ぜれば

ねぎたっぷりのお宝カルビ

でたどり着いたね……」という声が、脳内に直接聞こえてきます。

……なんだか今回、ずいぶんと熱くなってしまいましたが、以上が僕なりの、安楽亭ちょい飲みセット体験記。

ふり返ってみればあら不思議。Ａセット（ドリンク２杯＋おつまみ１品＋肉皿１皿）に飲み放題をつけた１５００円とほぼ同じ価格、正確には税込み１５３９円で、お酒３杯と、キムチと、海苔ごはんと、焼肉と、シメのビビンバまでをも堪能できてしまったというわけで。

最後に念のため、僕が今回提唱、証明した数式をもっともシンプルな形で記しておきますね。

Ｄ＋Ｔ＝∞

（Ｄセットに単品追加で無限の可能性）

あくまで安楽亭でしか使えない数式ですが、こんどの試験に出ますので、メモを忘れないようにしてくださいね。

あ、あと、さっきお会計が１５３９円だったと言いましたが、安楽亭さん、行くたびに割引券をくれるので、実際払った金額はもっとリーズナブルだったこともお伝えしておきます。

〈２０２２年10月21日〉

「富士そば」朝飲み大満喫コース

「富士そば」飲みの真髄

ついに気づいてしまったんです。「富士そば」飲みの真髄は、〝朝飲み〟にあり、という真実に。

あ、語りだす前にまずお断りしておきますが、富士そばとは、主に東京都内と関東地方を中心に店舗展開する、ローカル立ち食いそばチェーン。また、今回僕がご紹介する「モーニングサービス」や、アルコール類の提供のないお店もあることでしょう。つまり、この記事を読んですぐにまねしてみようとしても、できないという方のほうが多いであろうということ。じゃあ、時間や交通費をかけてでも遠方から足を運ぶ価値があるかというと……いや、もちろん「ないです！」とは言いませんよ。個人的に、大大大好きな富士そばだもん。だけどあくまでも、いわゆるごく普通の立ち食いそば屋さん。なので、「近くに寄ったついでに」くらいに考えておいたほうが無難かもしれません。むしろ、ご近所でできる、みなさんなりの朝飲み、みなさんなりの富士そばを探してもらったほうがいいかもしれません。

それでも僕は、はっきりとこう言いたい。富士そば朝飲み最高！　と。

徹夜明けの朝

先日、久々に仕事で徹夜をしてしまいました。正確には徹夜っていうか、翌日の朝までにはなにがなんでも書いてしまわないといけない原稿が数本あり、夜の9時から3時間ほど仮眠をとって、そこから朝までぶっ続けで仕事をしていたという流れ。わかってるんです。睡眠こそ健康の源。もういい歳なんだし、こんな働きかたは絶対に良くない。それはわかってる。けれども、ついついその日やるべきことを翌日に回して酒を飲んでしまったりすることも多い僕。どうしても数ヶ月に一度くらい、こういう日が出てきてしまうんですよね。

　朝、ぎりっぎりのところでなんとか編集者さんたちに原稿を送信し、娘を保育園へ送る。8時半ごろに、ついにひと段落となりました。はぁ～疲れた……。疲れ果てた……。そして、腹減った。あ、そうだ！　今おれ、めっちゃ腹減ってる！

　ふだん朝食はとらない生活を送っているんですが、夜中に原稿書いてる間、そういえばお腹がグーグー鳴りまくっていた。っていうか、起きてからの時間を考えたら、感覚的にはもう夕方とさえ言える。なんか食おう。そんで、ついでに一杯やっちゃおう。朝だけど夕方だし。それでし

「名代 富士そば 石神井公園店」

ばし仮眠をとってから、真人間としての生活を再開することにしよう。そうしよう。

さてなにを食べようか。もはや、自分で料理をする気力は残っていません。っていうかあれだ。だしの効いた醤油味のつゆに、油っこいかき揚げがのった、僕の大好物、立ち食いそばのかき揚げそば。今、無性に、あれをこう、ずるずるズズとすすりたい。思い立ったらどうしても、もうそれしか食べたくない。よし、駅前の富士そばへ行こう！

到着した富士そばは、ちょうど「モーニングサービス」の時間帯。そういえば、こういう時間に富士そばに来る機会もすっかりなくなっていたけど、会社員時代はよく、この「朝天玉」を朝ごはんに食べてたよなぁ。そばにねぎとわかめがのって、温泉玉子がのって、さらに、ハーフサイズのかき揚げがのっている。このハーフサイズってところが朝にちょうどよくて、しかも通常よりも105円お得な440円。いいないいな。朝天玉っていいな。久しぶりに食べちゃおっかな～。と思いつつも、念のため、これまで一度も頼んだ記憶のない、朝天玉以外のモーニングメニューも眺めてみます。すると、「朝カレーセット」が、なんと175円もお得と書いてある。内容は、ミニそば、ミニカレー、温泉玉子、おひたし。え？　そばもカレーも食べられるの⁉　想定にはまったくなかったけれど、がぜんカレーも食べたくなってきたぞ。それにそうだ。今はなんていうかこう、朝天玉の「ハーフサイズのかき揚げがちょうどいいんだよな～」ってモードじゃなくて、カロリーなど一切気にせず、欲望のままにがっつがっつと、好きなものをむさぼり食いたい気分なんだよな。よし、これとビールにしよう！

天啓の正体

さっそく入店し、券売機で2枚の食券を買います。すると驚きましたね。うしろに並んでいたおじさんが、僕にこう話しかけるんですよ。

「かき揚げ単品も注文なさい」と。

え？　と思ってふり返ってみると、そこにはおじさんなどいない。つまり俗に言う「天啓」と

パリッコ流「富士そば朝飲み完璧セット」

いうやつだったんです。もちろん天の声に素直に従い、かき揚げの単品も追加。席を確保し、スピーディーに調理されたセット一式を受け取ることができました。

朝カレーセットが４５０円、ジョッキつきが嬉しい缶ビールが３９０円、かき揚げの単品が１５０円。締めて合計９９０円。こんなにも壮観な景色を目の当たりにできて、１０００円でおつりが来てしまう驚異。

いざ、このうえない解放感のなかでの富士そば朝飲み、始めさせていただきます。ぐっとジョッキを持ち上げ口もとへ持っていって、ぐびっぐびっぐびっ……っぷはぁ〜！　なんだこの、ヒーリングパワーに満ちた液体！

続いて、まずはかけそば状態のそばを、ズズズとすすってみる。あぁ、これこれ。日本人である自分のＤＮＡの、その溝のすみずみにまで浸透する、安心感しかない味。たまらん。さてカレーはどうだ？　おぉ、へ〜、富士そばのカレーってそんなに食べたことなかったけど、甘めの素朴味でいいですね。僕の好きなタイプだ。

またね、さも「私は付き添いですから」みたいな顔でちょこんといる、ほうれん草のおひたしの存在感がいいんだ。しっかりと量もあって、かつお節たっぷり。そこに醤油と七味をかければ、単体でもかなり頼りになるおつまみの一品ですよ。

そば、カレー、おひたしをひとしきり堪能したらば、いよいよ後半戦。つまり、先ほど受けた天啓の正体を明らかにする時間帯。

僕の手は、お皿の上のかき揚げを自然と半分に割っていました。そしてその片方をそばの上へ、もう片方をカレーの上へ。さらに温泉玉子。これも、スプーンで割って半分にし、それぞれの上へ。

……もう、おわかりでしょう。

今、僕の目の前に広がっているのは、奇跡の光景。そう、さっきまで「かけそば」と「カレーライス」でしかなかった料理たちが、それぞれに「天玉そば」と「天玉カレー」に進化しているのです！

どういうカラクリ？　魔法？　錬金術？　いや、正解は、「富士そば」。富士そばの朝カレーセ

天玉そば！

ツトと、単品かき揚げ。

もうね、これ！　今まさに、こういうものが食べたかった！　という、その最適解が目の前に並んでるんですよ。

天玉そばのうまさをご存じの方は多いでしょう。時間の経過とともにもろもろと崩れゆくかき揚げの油がキラキラと輝く、つゆのうまさ。そのつゆと、まだサクサク部分も残るかき揚げと、立ち食いそばならではのちょいボソ麺が絡まるうまさ。それをまったりとしたまろやかさで包み込む、温泉玉子の母性。

ところで、天玉カレーがまたいいんですよ。これ、僕はたまにやるんですけど、立ち食いそば屋ならではの組み合わせですよね。しかも、立ち食い系のなかでも、揚げたての天ぷらにこだわりのあるようなお店が出している、超豪華

天玉カレー！

立体的ジューシーかき揚げみたいなやつ、あるじゃないですか。あれって実は、カレーライスに対してはちょっと過剰なんですよ。味がしつこくなりすぎる。そこへいくと富士そばのこの、揚げおきちょいフニャタイプは、素朴なカレーライスにばっちりなんだよな〜！　そこに温玉の母性だもん。これ以上うまいものが、この世に他にありますか？　ってなもんだ。まったくもう。

　この2皿を交互に食べては、ぐびっとビールを飲む朝。こりゃあたまらん。まさに、富士そば飲みの真髄を見たり！　という気分。

　加えてもう一点。夢中で食べきったあとに気がついたことがあります。このセット、そばもカレーもそれぞれハーフサイズなので、「た、食べすぎた……苦しい……」と後悔するほどで

ベストマッチ賞

はないのがまたいいんですよね。ぴったりちょうど、腹十分目。

まぁ、こんなことを毎日くり返していると、人間がダメになってしまうであろうことは明白。これからも富士そば朝飲みは、徹夜明けだけのお楽しみにしておこうかな。

〈2023年1月20日〉

第3章

こだわり晩酌日和

「昆布焼き」は大人の楽しみ

電気コンロでのんびりと

飲み友達のライター、泡☆盛子さんに、またまたそそる料理の存在を教えてもらいました。その名も「昆布焼き」。戦前から子役として活躍した女優、高峰秀子さんが書かれた食エッセイ『台所のオーケストラ』（文春文庫）に登場するメニューで、高峰さんが、食いしんぼうなことでも有名な映画評論家、荻昌弘さんから教わったものなんだとか。荻さんの言葉を引用すれば、「小ちゃいコンロに金網を置いてね、大きめの昆布をしめらせて敷くのよ。その上でアサリをね、じゅじゅッて焼くの、これ、美味いんだァ」とのこと。あはは、それ、美味いだろうねェ。

というわけで、即やりましょう。今からやりましょう。今回、家飲みグッズ棚から引っぱり出してきたのは、その名も「電気コンロ」。コンセント式で、スイッチを入れると電熱線が温まり、その名のとおりコンロとして使えるすぐれもの。しかもこれが、約1500円とめちゃくちゃお手頃で、家飲みにものすご〜く重宝するんですよね。すごくないですか？　こんなの知ってる僕。

ってまぁ、実はこれも、前に泡さんから教わったアイテムなんですけど……。

温度の上がりかたがゆっくりで、たとえば鍋のお湯なんかを沸かすのにはけっこうな時間がかかるんですが、今回みたいにじっくり炙り焼きするような料理にはぴったりでしょう。それじゃあまぁ、のんびりとやっていきましょうか。

大人で良かった

なにはともあれ、スーパーで昆布を買ってきましたよ。ここがいちばん肝心だろうと、奮発してちょっといい「羅臼昆布」を。

あわせて、あさり以外にも焼いてみたい食材をいくつか。特に本命は、なんとも立派な「京都産 大黒本しめじ」なるきのこ。割引されてたので思いきって買ったけど、定価だと1パックで６００円ほどもする、これまた高級品です。

昆布表面の汚れを水で湿らせたキッチンペーパーでさっと拭き、次にたっぷりめの酒で昆布をよく濡らす。引用元

こいつを使って

そろそろ焼けたでしょう

の説明には「酒で湿らせる」とは書いていませんが、そのほうがうまいに決まってるはずだから。それを電気コンロにのせた網の上に敷いたら、準備は完了。

　ではでは、まずは基本のあさりから。買ってきた剝《む》き身を焼くだけなので、準備さえ終わってしまえば、あとはかなりお手軽ですね。

　電気コンロのスイッチを入れ、昆布の上にあさりをのせる。するとふわ～っと、昆布の焼けるいい香りがしてきます。しばらく待っていると徐々に、あさりからパチパチと音がしはじめました。全体を何度かひっくり返しつつ焼いていくと、あさりの身からじりじりと水分が染み出し、まるで海辺で浜焼きをしているような、たまらない香りが。

　しっかりと時間をかけ、いよいよ熱々になっ

待ちきれずに本しめじを普通に焼いちゃったりもしつつ

たあさりをひとつ、口に放りこんでみる。モグ、モグ、モグ……。ほ〜、いやいやいや、はは、これは！　シャキシャキ、プリプリ、ホクホクのあさりが、昆布の風味をしっかりと全身にまとい、最っっっ高にうまい！　もとからあさりにほのかな塩気があって、さらに旨味が濃厚すぎるので、調味料はなくていいですね。大人の味だなぁ。

そんでもって、旨味の余韻がまた、食べ終わったあとかなり長いこと口のなかに残り続けるんですよね。そこで日本酒！　しかも昆布に塗ったのと同じ「八海山」を冷やで。はい、天国。

昆布焼き、その3つの利点

お、そろそろ、横のステージ2の昆布にのせておいた、国産黒毛和牛の切れっぱしも焼けたんじゃないでしょうか。こちらにはほんのりと岩塩をかけて、いただきま〜す。いや〜これまた、焼肉の新たなるステージが見えちゃった感じ。脳裏に「高級料亭」という言葉が浮かぶ味。面倒な下ごしらえ不要でこの特別感、昆布焼き、良すぎるぞ！

さらに宴は続きます。昆布の上で炙ったたらこは、火の当たりが柔らかいこともあってか、表面ぷりっとなかはレアな絶妙の仕上がり。続くミニトマトは、徐々に丸まってきてしまった昆布による包み焼き状態が功を奏し、ものすご〜くジューシー！　かつ、昆布とトマトの二大旨味食材が互いに譲らぬ大立ち回りで、想像をはるかに超える美味しさです。

昆布焼きの宴も終盤にさしかかり、気がついたことがあります。それは、昆布焼きには３つの利点があるということ。ひとつめはもちろん「昆布の旨味が食材の味をグレードアップさせる」です。次に、昆布の上でいろいろな食材を焼きすすめることにより、こんどは昆布自体にも、それらの食材の旨味が蓄積されていくんですよね。つまり「焼けば焼くほど昆布が育ち、味がさらに美味しくなっていく」。それから最後。これはまったく想定していなかったことなんですが、さすがに終盤にさしかかると、昆布は徐々に焦げだします。ところがこれがいい！　つまり「後半は炭火焼き的な香ばしさも加わってしまう」んです。しかも旨味たっぷりの昆布自体が炭と化していくわけなので、味わいがとにかくぜいたく。

本日のラストは、あさりや牛肉の旨味を吸って育ちまくり、ほのかに焦げた昆布で焼いた大黒本しめじ。ちょろりと醤油をたらして食べたら、えぇ、それはもう、この世のものとは思えないほど、美味でございました。

〈2021年5月28日〉

昆布の上で牛肉を焼くという暴挙

枝豆っぽくもある

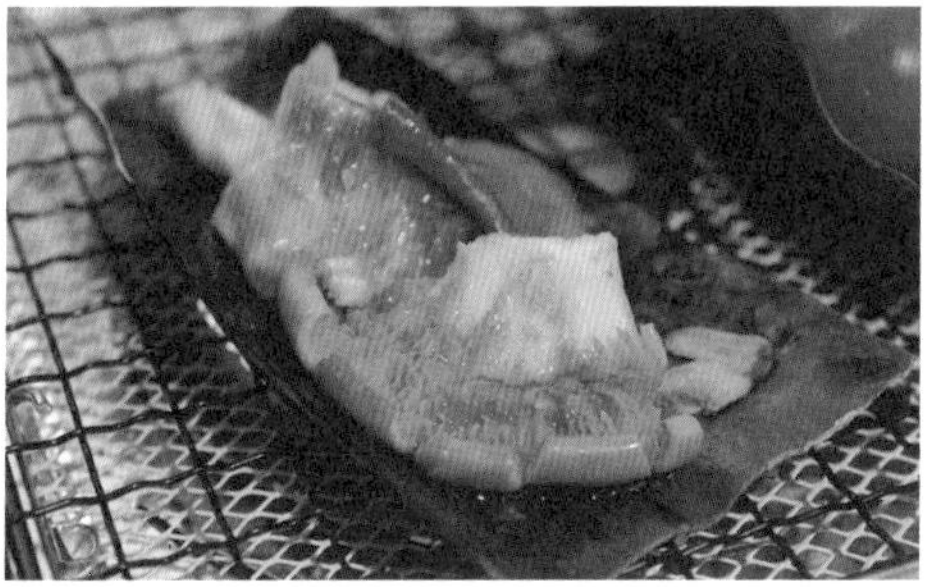

旨味の総合デパート

ワインエアレーターでお手軽デキャンタージュ

デキャンタの存在意義

「デキャンタ」ってあるじゃないですか。サイゼリヤなんかで、ワインが入って出てくる、花瓶みたいな形の。あれ、今まで僕、飲食店でワインを提供するにあたり、グラスじゃ足りないしボトルじゃ多い人のためにあるものだと思ってたんです。だから、あれを家で使ってる人って、単にかっこつけてるだけだと思ってたんです。だけどどうやら、そうではないらしいんです。

まずですね、ワインをボトルからデキャンタに移す行為には名前がついていて、ずばり「デキャンタージュ」というそうです。かっこいいですね。で、デキャンタージュにどんな意味があるのかというと、ワインに対して、「香りを良く」したり、「味わいをまろやかに」したり、「澱《おり》をのぞいて口当たりを良く」したりと、嬉しい効果がたくさんあるんだそうです。特に、安いワインには効果的なことが多く、飲んでみて「ちょっと渋いな」とか「なんだか若い感じだな」なんてときに試してみる価値ありだそう。

ただし、デキャンタにも膨大な種類があるし、注ぎかたにも技術がいる。さらに、デキャンタージュしてから、古いワインなら20分ほど、若いワインなら2時間ほど経ってからが飲みごろだそう。よほどのワイン通でない限り、家で挑戦するのはちょっとハードルが高いですよね。

さて、大前提として、僕は本当にワインのことがわからないので、以上の情報はすべて最近調べた付け焼き刃の知識です。なんか間違ってたり微妙なこと言ってたらすみません。そういう場合、怒らず優しく指摘してくださる方のみ、ご連絡ください。

ワインエアレーターとは？

で、なんでワイン通でもない僕がこんなことを言い出したのかというと、実はですね、このデキャンタージュと同等の効果を誰でも簡単に、しかも一瞬で手に入れることができる、魔法のようなアイテムの存在を知ったからなんです！　その名も、「ワインエアレーター」。ボトルの先端に取り付けられる注ぎ口の形をした器具で、これを装着するだけで、その特殊な構造によって空気を含ませながら注ぐことができ、劇的にワインの味が変わるらしい。そんなことを聞いてしま

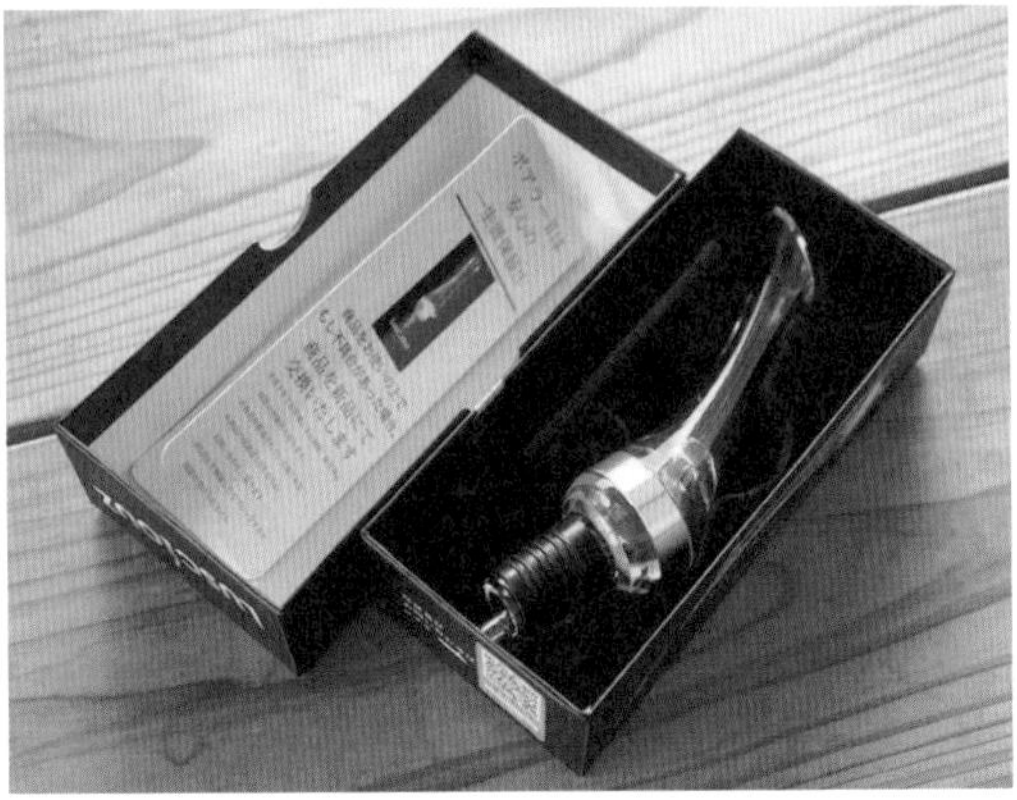
うおお、かっこいい

ったら気にならざるをえないじゃないですか。
　ワインエアレーターにも種類はいくつかあるんですが、いろいろと調べてみたところ、王道はLusciouz（ルーシャズ）というメーカーの「ポアラー2」という商品らしい。ただしお値段が税込みで3850円と、気軽に買えるほど安くはない。そもそもさっきから言ってますけども僕、本当にワインのことがわからない男なので。でもでもでも、やっぱりどうしても気になる！　まぁいつものことなんですが、買っちゃいましたよ。欲望に負けて。
　すぐに我が家にやってきたポアラー2様。専用の箱にきっちりと収まる美しいフォルムを見た時点で「買って良かった」と思えるかっこよさです。しかも驚いたのが、付属の説明書にあった「安心の一生涯保証!!」という言葉。え？　一生涯？　我が目を疑えど、確かにそう書いてある。こちらの不手際による故障や紛失などでなく、普通に使っていて不具合が生じたら、製品が製造されている限り新品と交換してくれるんだそうです。なんて良心的な企業なんだ……。

いろんなお酒をデキャンタージュ

と、使う前から惚《ほ》れてしまいそうなポアラー2なのですが、肝心なのはその性能ですよね。今回は、基本の赤ワインに加え、購入したサイトのレビューで「日本酒も美味しくなりました」なんて情報も見たので、試してみたいお酒をあれこれ用意してみました。あ、ちなみに、炭酸が入っているものは向かないそうなのでビールやチューハイはなし。以下、あくまでワインの味を知らない男の、個人的な感想レポートをお送りします。

① 安い赤ワイン

こんな僕でもワイン気分の日というのはあり、そんなとき、前に美味しかった記憶があるのと、可愛いラベル

左がそのまま、右がポアラー2を通したもの

エアレーターを通して注ぐと、ジョボボボボとすごい音が

デザインが覚えやすいので買うことの多い「サンタ バイ サンタ」というチリワインの「カベルネ・ソーヴィニヨン」。お値段は５００円しないくらい。最初はこれで試してみます。

まずはボトルからそのまま注いだものを飲んでみる。グラスを顔に近づけると、ぶどうのフルーティーな香りとともに、タンニン由来であろう渋そうな香りも漂ってきます。よ〜く味わって飲んでみる。うんうん、美味しい。美味しいけど、渋みがしっかりとあって、それからアルコール独特の苦味も感じますね。こういう味だったか。

次にポアラー2を通したものを飲んでみる。あれ？ まず香りからして違いますよ。なんというか、すごく穏やかになっている。じゃあ味はどうか。ごくり……うわー！ 明らかに違う！ 全体的にまろやかで、さっき感じたとげとげしさがすっかりなくなってます。それでいてフルーティーな香りはぐっと花開いた感じ。

商品説明には「１０００円のワインを６０００円のワインの味に」なんてことも書いてありましたが、そもそも僕は、ワインの味と値段の関係がわかっていません。けれども、格段に美味しくなったことは確かです。商品説明を素直に信じるならば、このワインが約５００円だから、３０００円の味ってこと？ やった、２５００円儲けた！

以下、手もとのメモを見返すと、ほとんどのお酒について同じような感想しか書かれていなかったので、駆け足でお送りします。

それでは実験ゾーンへ

② 2000円クラスの赤ワイン

スーパーで約2000円だった、オーストラリアの「ペンフォールズ クヌンガ・ヒル・シラーズ・カベルネ」。ふだんの家飲みでは手を出さない価格帯ですが、せっかくの機会なのでちょっと背伸びをして。「世界で唯一！ ワイナリー・オブ・ザ・イヤーを28回受賞」というキャッチコピーが、なんだかよくわからないけどすごそうだったんでチョイスしました。

するとまず、普通に飲んだ時点でモノが違うことがわかる。数百円のワインとは段違いの、まるで濃厚なぶどうのスープとでも表現したい旨味の量。その後、ゆっくりと渋みや苦味がやってきて、味の余韻が長いですね。

さてポアラー2を通すとどうか？ これまた味がまろやかになり、香りが華やかになるのは先ほどと同じ。そのおかげで、長い余韻がそのまま飲んだ時よりもさらに心地よいです。うまいな〜。

え〜と、計算によると2000円のワインは1万2000円の味になるから、1万儲けた！

もう元とれた！

③ 白ワイン

そもそも白ワインはデキャンタージュには向かないそうなんですが、もう少しまろやかさが欲しいときなどに効果があることもあるそうで、試しに。リーズナブルなチリワイン「サンタ・ヘレナ・アルパカ・シャルドネ・セミヨン」の小さいのを買ってきてみました。

飲み比べてみると、ポアラー2を通したほうが若干苦味が穏やかになったかな？　というくらいで、確かにあまり大きな変化はありませんでした。

④ キンミヤ焼酎

日頃からお世話になりまくっている「キンミヤ焼酎」。甲類ですが、よく味わうとけっこう甘みがあるんですよね。そのまま飲んでみると、その強い甘みに加え、当たり前だけど強烈なアルコール感。ところがポアラー2を通すとあら不思議。甲類焼酎さえ、ものすごくまろやかになっ

かつてキンミヤのボトルにポアラー2を装着した人はいただろうか？

ちゃった気がします！

ストレートの焼酎に梅エキスを数滴たらして飲みやすくした、下町大衆酒場名物の「梅割り」なんて飲みかたがありますが、それをデキャンタージュしたキンミヤでやったら、ポカリくらい飲みやすくなっちゃって危険かも？

⑤ 芋焼酎

先日、ホームセンターの「カインズ」で見つけたまさかのオリジナル焼酎から、「本格芋焼酎 黒麹仕込み」を。飲んでみたら驚くほど本格派で美味しい焼酎だったんですが、デキャンタージュすることにより、やはり角がとれてまろやかさが増しますね。

⑥ ブラックニッカ

あえてウイスキー独特の味わいが薄めなイメージの「ブラックニッカ」を選び、久しぶりに飲んだところ、あれ？　ブラックニッカってこんなに美味しいウイスキーだったっけ？　失礼しました。それをポアラー2に通してみると……え？　本当に!?　ストレートでじっくり味わえるくらい美味しく、もはやシングルモルト！　うお〜、これは魔法だ！　ついに魔法を手に入れたぞ！

……と、後半になるに従って酔いもどんどん加速し、まったくあてにならなくなっていく感想は話半分で聞いてもらうとして、ワインエアレーター、ものすご〜く楽しい道具でした。

〈２０２１年７月30日〉

ザ・夕涼み

日本には夕涼みがあった！

恥ずかしながらわたくし、ここしばらくの間自分が、「ニッポンの酒飲みとしての本分を忘れてしまっていた」ことに気がつきました。

日本が本格的なコロナ禍に突入して以来、それまでも大好きではあったベランダを舞台に、やれチェアリングだ、人工芝でピクニックだ、ちょうちんをつるしてビアガーデン風だと、手を替え品を替え、もはや意地とも言える勢いで、家飲み、ベランダ飲みの向上に取り組んできました。そのどれもが楽しかったことは間違いないし、今後もどんどんやっていこうと思ってるんですが、とはいえ、それらのハードルは、正直ちょっと高い。僕のような酒の変態を除く人々の一般論からすれば、「そこまでして飲まなくても……」ということになりますね。

世界にコロナの「コ」の字もなかったころ、ピクニックにも居酒屋にも自由気ままに行けたし、夏になればビアガーデンが毎年の楽しみだった。それじゃあ家で、特に予定のない夏の夕方に、

「ちょっとベランダで酒でも」と思い立ち、どんな飲みかたをしていたか？　というと、ベランダに常備してあるアウトドア用の折りたたみベンチに腰かけ、うちわでパタパタと自分の体をあおぎながら、ビール1缶に、なにかつまみを1品。そんなところでじゅうぶん満足していたんですよね。つまりは、昔ながらの「ザ・夕涼み」。

このシンプルな、それでいてもっとも日本の夏らしい家飲みの楽しみかたを、最近ぜんぜんしてなかった！　と気づき、いたく反省したというわけなんです。

数十年ぶりに育てた朝顔

それにはきっかけがありまして、先日、ついに咲いたんですよ！　小学生のころ以来数十年ぶりに家で育てていた、我が家の「朝顔」が！

妻の影響が大きかったんですが、早いもので娘も4歳になりまして、今年はあまり気軽に外出もできないぶん、ちょっとでも思い出に残る夏の体験をさせてやれないかと考え、思いついたんですよね。ベタですが、朝顔を育てるのはどうか？　って。同時に、せっかくだからその他にも、ミニトマトやらハーブ系の鉢やらを園芸店に行って買ってきて、専用のラックも買って、ちょっと気合を入れて、ベランダ菜園に挑戦してみたんです。

種から育ててちゃんと咲く感動

で、先日ついに、あれこれお膳立てをしてポトリと種をまき、毎日成長を見守ってきた朝顔が、美しい赤紫色の花を咲かせたというわけなんですが、これ、むしろ大人になってからのほうが感動しますね。

で、その朝顔を満面の笑みで眺めていたら思ったわけです。あ、夕涼みしなきゃ！　と。

そこで、先述の折りたたみベンチは10年ほど使い倒して引っ越しの際に捨ててしまったので、ネットでお手頃だった「縁台」を購入しました。

「けっきょくお前って形から入るよな。なんだかんだ言って、新しい家飲みグッズ買うよな」

そんな声が聞こえてきそうではありますが、そこはもう、僕がそういう男だということでご了承いただくしかありません。

とにかく届いた縁台を組み立て、ベランダの

準備は完璧

朝顔の横に置いてみたところ、もう、他にはなにもいらない！　ってくらいに最高のシチュエーションなんですよね。やっぱこれだよ、日本の夏は。

チューハイに
ミントを浮かべれば……

つーわけで、久々のベランダ夕涼みを楽しんでいきましょう。

ある日の仕事後、さっとシャワーを浴びて、全身にハッカ油スプレーをふりかける。ベランダと部屋、近いようで、あまり物が多いと持ち運びが面倒になります。１００均で買った折りたたみのカゴに収まるだけの夕涼みグッズを準備しましょう。

これ以上になにを望むか

まずは３５０㎖の発泡酒1缶。それからおなじみ、タカラ焼酎ハイボールのドライ５００㎖1缶。ビールとチューハイ用のグラス各1。ミニサイズのお盆。おつまみは、この夏ハマって毎日食べてるみそきゅうり。地物のきゅうり1本と、みそきゅうに便利なチューブタイプのみそを用意しました。それから、ミョウガとねぎの薬味たっぷりの「たぬき奴」。それ用のだし醤油。あとはえーと……お、冷蔵庫に６Ｐチーズがあった。これくらいでじゅうぶんか。

　ベランダに出て、そのカゴを縁台の下に置いたら、いよいよ夕涼みタイムです。

　まずはみそきゅうとビールのターン。お盆にグラスとみそきゅうをコトリ。発泡酒をぷしゅり。グラスにトクトクトク。きゅうりシャクッ！　もぐもぐもぐ。気づけば耳には降るよう

薬味は人生を豊かにする

な蟬《せみ》時雨《しぐれ》。おもむろにビールをくいーっ。……はい、言うことなし！　これこれ、これだよ日本の夏の醍醐《だいご》味《み》は。

　今日はここ最近でもとびきりの猛暑で、我が練馬区は最高気温38度を超えたとも聞いていましたが、風呂上がり＋ハッカ油の清涼感＋風がそこそこあるので、ぜんぜん涼めてます。というか、夏を感じるのにベストな天候かも。いやはや、これはクセになりますな。

　続いて、たぬき奴とチューハイのターン。薬味ってのは本当に人生を豊かにしますよね。最近、もはや薬味さえあれば、実体はなにもなくてもいいんじゃないかという領域に達しつつあります。僕。この薬味たっぷり、さらにあげだまたっぷりの冷奴をざくざくっと混ぜてだし醬油をかける。はたしてこの夏、これ以上のつまみがあるでしょうか？

　こいつをなじみの焼酎ハイボールでやっていて思いつきました。そういえばベランダ菜園に、ミントがあったよな。葉っぱを何枚かちぎってここに浮かべてやれば、赤羽「まるます家」の名物「ジャン酎モヒート」ならぬ「酎ハイモヒート」になるんじゃないの？

　チューハイに浮かべた瞬間、シュワシュワと立ち上る泡に刺激されて広がる、フレッシュなミントの香り。いざ、ごくごくごくっと飲んでみる。うわー！　ベランダ夕涼みにこれほど向いていて、これほど心身をクールダウンさせてくれる酒があるだろうか？　いや、ない！　ってくらい、今の気分に最高にマッチする1杯でした。


〈2021年8月30日〉

やってやりました

夏の空の表情豊かさ

１０００円ポッキリシリーズ

先日、またまたライターの泡☆盛子さんに「１０００円ポッキリ」シリーズの存在を教えてもらいました。

なんでも、インターネット通販サイトの「楽天市場」にそういう商品があって、飲食物を中心としたお得なセットが、どれも送料込みの１０００円ぽっきりというお得な価格で販売されているらしいんです。そこで楽天市場へ行って、「１０００円ぽっきり」というキーワードで検索してみたところ、その規模、ちょっと想像を絶してましたね……。なんとヒットした商品数が２万６３２８件（２０２２年8月17日時点）！

３種から選べる焼き海苔50枚、訳あり半生さぬきうどん１kg、国産ドライフルーツお試し食べ比べ７種セット、北海道銘菓詰合せセット、とんこつラーメンスープ計16食ぶん詰め合わせ、などなど……。ページをめくってもめくっても、魅力的な商品が表示され続けるんです。

こりゃあ楽しいやと言うことで半日ほどひたすら眺め、よし、試しにひとつ買ってみんべ、と、僕が選んだのが「【おつまみ2種オマケ！】1000円ポッキリ 送料無料 選べる おつまみ缶詰5缶セット」！

いいでしょう？ 響きからして。具体的にどういう内容かというとですね、まず、次の缶詰のなかから好きなものを5種類選べます。

・オイルサーディン
・いわし生姜煮
・いわし照り煮
・いわし蒲焼
・さば照焼
・ベビーホタテ水煮
・あさり水煮
・赤貝味付
・牡蠣燻製

酒飲み的にはやはり、4種ある〝貝もの〟を中心にいきたいところ。そこで僕が選んだのは、ベビーホタテ水煮、牡蠣燻製、赤貝味付、あさり水煮、そしてオイルサーディンの5種類。

ただ、ここからがさらにすごい！ 商品名に【おつまみ2種オマケ！】とありましたよね。なんと太っ腹なことに、おまけとしてまず、缶詰をもうひとつ追加で選べるんです。というわけで

3日ほどで到着！

ここは、牡蠣燻製をチョイス。さらにさらに、おまけのふたつめ。なぜそれなのかはよくわからないんですが、「おつまみコーン」というスナックもひと袋ついてきて、これも、塩味、チーズ味、バーベキュー味の3種から選べる。ここはチーズ味チョイス。

最終的に、ベビーホタテ、赤貝、あさり、オイルサーディン、牡蠣×2で、缶詰が6個。それにチーズ味のコーンスナックがついて、送料込みで１０００円ぽっきり！

そりゃあさ、自分でスーパーに買いに行けば、同じようなものを同じような値段で、いや、もしかしたらもう少し安く手に入れることだってできるかもしれません。だけど、１０００円ぽっきりという値段でおまけまでついてきて、自分の好きな缶詰を選んで組み立てられて、しかも、あさりやベビーホタテの水煮なんていう、ふだんならあまり買わないような缶詰を食べてみる機会にもなって、そのセットが届くのをわくわく待って……という、体験込みで買うわけですよね。こういうものは。届くまでの数日間が、ほんの少しだけわくわくの日々になるというか。

　というわけで、今夜は「缶詰晩酌」としゃれ込むか～！

ホットプレートだ！

　で、だ。この缶詰たちをどうやってつまみにしましょうか。すべてをザバーっとざるにあけて、ごはん、玉子と一緒に一気に炒めて、具沢山チャーハンに！　なんて食べかたは、もちろん言語道断。極力ちみちみとつまんで、少しでも長くお酒を飲みたい。ただ、開けてそのままってのも味気ないよな。せっかくの缶詰たちだもの、ちょいとひと工夫してやりたい。

　となると、「缶べキュー」かな。缶べキューとは、これまた飲み友達のライター、スズキナオさんに教わった缶詰の食べかたで、アウトドア用の小型バーナーで、フタを開けた缶詰をぐつぐつと直接炙りながら食べるというもの。ポイントは面倒がらずに薬味などを用意することで、ちょっとしたアウトドア感が楽しく、実際にやってみると、本家バーベキューにひけをとらないほどに楽しいんですよね。

こういうことですね

ただ最近、缶詰の直火調理はメーカーが推奨していないという話も聞きました。缶ベキューはあくまで、アウトドアで荷物を最小限にしつつ、ミニマムに楽しむ自己責任の遊びであって、自宅であれこれ缶詰を食べるのには向かないか。

　そこで思いつきました。思いついてしまったんです。ホットプレートだ！　ホットプレートにならば、缶ベキューと違って数個の缶詰を並べて一度に温めることができるんじゃないか？もちろん、そのまま温めれば直火になってしまう。けれどもそこに、お湯を張れば……？　そう、ほとんどのメーカーが、缶詰の温めかたとして「湯せん」は禁止していないんですよね。

　これ、缶詰飲みの方法としてけっこう革新的なんじゃないでしょうか？　我ながら。うまくいったらすごいぞ！

ぐつぐつ

はい。さっそく試してみましょうよ。まずはひとり用の小型ホットプレートに、オイルサーディン、牡蠣燻製、ベビーホタテ水煮の缶詰を並べてみました。そうしたら周囲に、缶詰の高さの半分くらいまで水を注いで、スイッチオン！

初めてなので、どのくらいの時間で温まるか、そもそもうまく温まるか、まだ未知数。しばらくは、サービスでついてきたコーンスナック、あれをつまみながら気長に待つことにしましょう。勝手にジャイアントコーンだと思い込んでたんですが、いわゆる普通のとうもろこしをカリカリに揚げたもののようですね。初めて食べるな、こういうのは。ちょっとおかきみたいな素朴さで、いいつまみになります。

湧出！　缶詰温泉

なんてことをしていると、予想してたよりもずっと早く、5分もしないうちに、プレート内のお湯が沸いてぐつぐつしだしました。このへんは、プレートの性能や水の量にもよるんでしょうが。

そこで試しにひとつ、牡蠣の燻製を食べてみます。すると、おー！　あっつあっつだ！　こりゃあいい！　良すぎる！

と、しばらくはプレーンな状態のあったか缶詰をつまみに、チューハイをぐびぐび。いや、もう確信しました。この食べかた、超楽しい！　と。まるで缶詰たちが仲良く温泉につかっているように見えるから、そうだな、「缶詰温泉」と呼ぶのはどうでしょう!?

缶ベキューでもそうですが、薬味や調味料による味変は、缶詰飲みの満足度を上げる大きなポイント。各缶詰を1／3ずつくらい味わったら、オイルサーディンに唐辛子、牡蠣に黒胡椒、ベビーホタテにマヨ七味醤油&刻みねぎを、それぞれたっぷりトッピング。あぁ、これまた酒がすすんじゃうな〜。どれもいいんだけど、特にベビーホタテ！　貝の旨味たっぷりのスープとマヨ七味醤油の味が融合し、それを吸ったとろとろねぎのうまいこと！　これ、ねぎさえ追加し続ければ延々と飲めるぞ。

もちろん味変も用意して

ったところで、缶詰飲みはまだまだ続きます。

初めの3缶の中身をひととおりさらってしまったところで、缶詰飲みはまだまだ続きます。

食材がなくなりオイルだけになったオイルサーディン缶に、ほんの少し残っていた牡蠣、そして新しく開けたあさりの水煮、さらに黒胡椒とニンニクチューブをたっぷり加えてしまいましょう。イメージは、牡蠣とあさりの「アヒージョ」。

なんてこった、ず〜っと楽しいぞ、缶詰温泉。こうなったらもう、最後の1種類、赤貝味付もいっちゃうか。と、赤貝缶詰を温めて七味をふる。ぷりぷり肉厚の身が、甘辛こってり味のたれをまとって、これまたたまらないな〜。というか、ここにきてぐっと和風味のおつまみ。がぜん、あれが欲しいな〜。あれとはつまりあれですよ、日本酒！

ポー……

またまた思いついてしまったんですよね。そういえば冷蔵庫に、しばらくしまいっぱなしにしちゃってる「ワンカップ大関」があった。あれを持ってきて、そのままこの温泉に浸しちゃえば、自動的にお燗《かん》までつけられちゃうんじゃないの？　と。

ええ、はたしてその作戦が、大成功してしまいましてね。ものの3分くらいで、ちょうどいい〜お燗具合に。あちあち言いながら、温泉から直接取り出しては飲み、ちょっと温まりすぎてきたら、一時的にコースターに避難させて。なんてことをしながら飲むのがまた楽しい。

最終的に、こっちまで風呂上がりのようにポーッといい気持ちになってしまいまして。いや、いいお湯でございました。

〈2022年8月19日〉

オリジナル「酒つま釜めし」

チゲ鍋という真っ黒なキャンバス

趣味の「でかめの100均パトロール」で、今日も気になる商品を見つけ、思わず衝動買いして帰ってきました。

「チゲ鍋」。韓国料理で使われる、土鍋ですね。大小ふたつのサイズがあり、それぞれ税込み、550円と330円。買ってきたのは大のほうで、直径は約16㎝。もちろん直火にかけられるから、いろいろな料理に使えそう。しかも、手頃なサイズ感としっかりしたつくりで、料理を作ったらそのまま食器として使えそうなところも素敵じゃないですか。

それからこの形、なにかに似てるよな〜と見つめていて、気がつきました。群馬県の駅弁、荻《おぎ》野屋《のや》の「峠の釜めし」の器だ！　駅弁でありながら、ひとつひとつが立派な益子焼のお釜に入っていて、たいてい実家にひとつふたつ空き容器がとってあり、眼鏡や印鑑なんかの小物入れになっていたりする。

残念ながら今、我が家にはないのですが、あのお釜って、再利用方法として、ごはんを炊いたりもできるらしいんですよね。となれば、今日はこの真っ黒なチゲ鍋をキャンバスに、オリジナル釜めしを作ってみよう！

テーマは「酒のつまみ」

初めて使用する際には、米のとぎ汁か小麦粉を溶いた汁をしばらく煮込み、乾いてから水洗いして乾燥させる「目止め」という作業が必要なようで、まずはそれをしっかりと。そうしたら、米1合をといで、いつもどおりに水かげんをし、鍋のなかへ。ほんのりと麺つゆも加えておきましょうか。

で、肝心なのは、釜めしのテーマ。入れる食材たち。これをどうするか。それこそ可能性は無限大ですが、大前提として僕は、できた釜めしをビールのつまみにしたい。あっちをつつき、こっちをつつきしながら楽しみたい。ならばもう、ストレートにその方向性でいくのはどうだろう？

つまり、定番のお酒のつまみをあれこれのせてそのまま炊く、「酒つま釜めし」。これでいってみよう！

とにかくごはんの上へ並べていく

そこで、スーパーのお惣菜コーナーへ。棚を眺めれば眺めるほど、あれもこれもと釜めしに入れたくなってしまうんですが、なるべく酒のつまみらしいものを厳選し、かつ、あのサイズの鍋に収まる量を意識して。

買ってきたのは、「焼餃子」「たらこ」「ポテトサラダ」「煮物」「ホテイのやきとり缶詰」「くじらベーコン」「みそかつおにんにく」「いかの塩辛」の8種類。それらを隙間なく、全体のバランスも考えつつ、お隣さんどうしの味のなじみ具合にも配慮して、ごはんの上に並べていきます。そしたらあとは炊いていくだけ。フタは、別の鍋のガラス製のものがすっぽりとかぶせられそうだったので、それを使いました。本当は峠の釜めしみたいに、かっこいい専用のフタがあるといいんだけどな〜。

さてどうだ？

幸い、鍋やらフライパンやら飯ごうやらでお米を炊くことには慣れています。というかお米なんて、なんだかんだぐつぐつと煮てやれば炊けるもの。上にのせたおつまみたちも、どれもそのまま食べられるものなので、神経質になることはないでしょう。

　まずは中火くらいで、ぐつぐつと音がたちはじめるまで待ち、沸騰したら弱火にして、十数分。このとき、しっかりと時間を計測しながらではなく、音で判断するほうがうまく炊ける気がします。鍋から聞こえる音が、「ぐつぐつ」から、徐々に「ぱちぱち」になってきたら、そろそろ炊けるという合図。そこから1分くらい待って火を止め、あとはそのまま十数分蒸らす。あくまで僕の経験上ですが、これで失敗は少ないかと思います。

パリッコ作「酒つま釜めし」

全員優勝！

といった工程を経て、きっと完成しているであろうオリジナル釜めしのフタをぱかっと開ける。するとぶわっと立ち上る湯気とともに、なんだかいろんな美味しそうな香りが！　あぁ、これは楽しい飲みになること間違いないぞ。

ではでは、こいつをほじくりほじくり食べていきましょう～。まずはそうだな、無難に焼鳥のあたりを食べてみるか。おわんによそってもぐもぐもぐ……あ～、うめ～……。もう、具材は焼鳥だけでよかったんじゃないの？　ってくらいうめ～。なによりいろんな美味しい料理の味を吸ったごはんがうめ～。慌ててグラスに注いだビールをぐびぐび。はい、言うことなし！

続いて、味の予想がいまいちできない、餃子

立派な鶏めしだ

部分はどうだ？　あら、もはや形は崩れてしまって、餃子混ぜごはんといった趣ですが、これまたいいじゃないですか。とろんと柔らかくなった皮も美味しいし、餃子の炊き込みごはん、これまたありだな。

　ところでこの釜めし、ひと口食べるごとにほんのりと、海方面の味わいを感じる気がするんですよね。たらこかくじらベーコンから出た風味？　いや、もっと旨味が強くて、具体的には「いか」っぽいんだよな〜。いかなんて入れたっけ？　としばらく食べていて、はたと気がつきました。入れたじゃん！　いか。そう、塩辛を！　炊く前の原形からもっとも見た目や食感が変化していたので、しばらく忘れてたんですが、よく見るとところどころに、ぷりぷりのゆでいかになった〝元塩辛〟たちの姿がある。そ

海のゾーン

んでまた、これが美味しい！　いかの塩辛の炊き込みごはん、これまたありだな。そこにバターなんかを加えてしまってもいいかもしれない。

具沢山の釜めしをひとつ作るだけで、炊き込みごはんのアイデアまで次々生まれるというのは、嬉しいおまけでしたね〜。

たらこやくじらベーコンも良かったし、煮物なんかもう間違いなかった。唯一、みそかつおにんにくはほぼ食感が変わってなかったけど、お漬物がわりにいい働きをしてくれました。

最大の興味は、ごはんと一緒に炊いたポテサラの味だったのですが、これまたうまかった。ポテサラを温めると「コロッケ」に近寄るんですね。衣のないコロッケ。そりゃあ、ごはんに合わないはずなかったわ。

〈2022年12月9日〉

第4章

はじめて日和

超いいＩＮボンカレー

「おつとめ狩り」も気軽にできない日々だけど

会社を辞めて通勤がなくなり、さらにコロナの影響で夜の酒場に行くこともほとんどなくなり、夜のスーパーマーケットで値引き品をディグする、名づけて「おつとめ狩り」の機会がめっきり減ってしまって寂しい限りです。が、それでもスーパーには、まだまだ多くのエンターテインメントが潜んでいる！　そんな気持ちで、スーパーに通う日々は続いています。

先日も、テンションが上がりすぎ、売り場で思わず小躍りしてしまうほどの出会いがありました。それが、おつとめ狩りをよくしていた時代のメインターゲットだった、「いい肉」。

開店してすぐの時間だったので、前日からの持ち越し品だったのかな？　定価だったらとても日常的には手が出ない高級肉が、なんと半額になっている。それでもふだん買ってるような肉よりは高いけど、思いきって買えない値段じゃない。それが、定価が１００ｇあたりなんと７８０円！　１３９ｇ入りで税込み１１７１円という、超高級な牛モモのしゃぶしゃぶ用薄切り肉。ラベルを見ると、島根県産の「まつなが牛」という、どうやら「松永牧場」という牧場のブランド牛らしい。僕は初めて聞きますが、説明書きからもいろいろとこだわってそうなことが伝わってきます。気になるな、ごくり……。よし、いっちゃうか……。

今日、やるしかない！

と、買って帰り、ふだんならこんないい肉、シンプルに焼いて食べるに決まってるんですが、ちょっと思いついたことがあります。ずっとずっと、それはもうず〜っと前からいつかやりたいと思っていた「ある計画」を、今日こそ実行する機会なんじゃないだろうか？　ずばり、「超いい肉入りレトルトカレー計画」を！

　超いい肉入りレトルトカレー計画とはなにか？　まぁそのまんまなんですが、僕はレトルトカレー全般が大好きなんですけれども、あれってなんというか、ちょっと具材が寂しいと感じることも多いですよね？　そういうときに僕

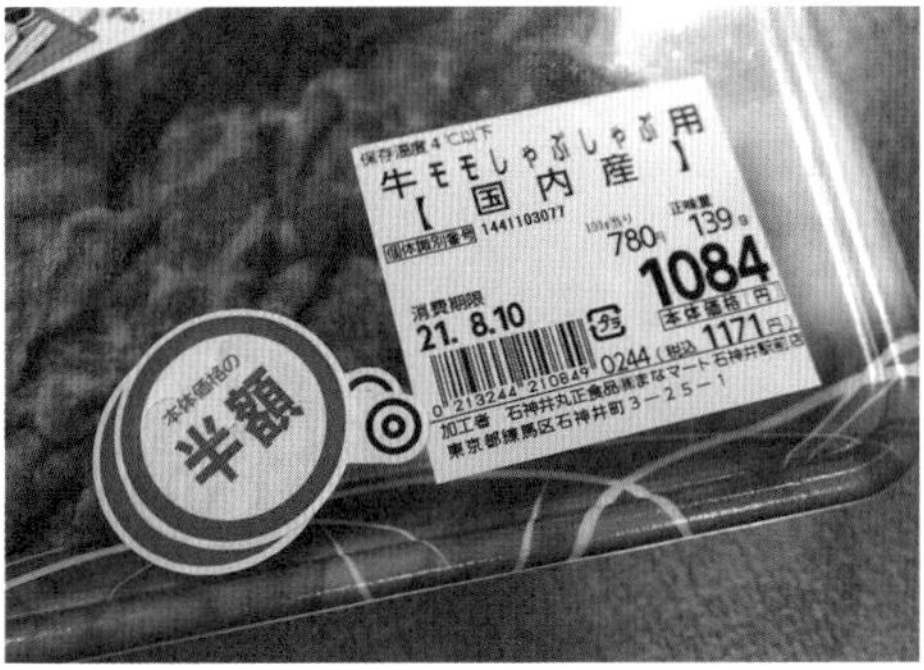

半額シールがまぶしい高級肉

はよく、フライパンでひき肉やら豚の薄切り肉をさっと炒め、そこに直接レトルトカレーを加えて煮込み、「肉増しレトルトカレー」にして食べるんです。レトルト感のないフレッシュな具材が加わることにより、驚くほどに美味しくなるし、満足感も倍増するので。

で、その肉増しを、いつか思いきって超いい肉でやってみたいな。そう思ってたんですよ。買ってきたまつなが牛を見ていたら、なんだか「おーい！　おーい！」と、戸棚のなかのレトルトカレーが呼んでいる気がしてきた。今がその好機な気がしてきたぞ。もう、やるしかない！

天上人の晩餐会

まずはフライパンで牛脂を溶かしつつ、パックの牛肉全量を投入して焼きます。とたんに立ちのぼるゴージャスな香り！　これは絶対うまい肉だ〜。と、本当はがまんしたかったんですが、思わず1枚とりだして塩をぱらりと振って食べてしまいました。う、うわ〜、なんだこの柔らか

光栄に思ってくれ

では、行きますよ？

さ、旨味、脂の甘い香り……。全部このまま食べつくしたい！　けれども、心を鬼にして、ここで「ボンカレーゴールド（中辛）」を開封。って、そんな言いかたはボンカレーに失礼か。ボンカレーはボンカレーで、勝手にうちに買われて、食べられる時を待っててくれただけなのに。いやしかし、お詫びと言ってはなんだけどボンちゃん、君はこれから、同胞たちが経験したこともないであろう超いい肉と融合するんだよ。むしろ誇りに思ってくれ！

……いってやりましたよ。うまそうに焼けたたっぷりの肉の上に、ボンカレーを。カレーを温めつつ肉と絡めていくと、肉の量が多すぎなんでしょうね。肉入りカレーというよりは「肉のカレーソースあえ」といった風情になってしまいましたが、完全にうまそうなことは間違い

えいやー!!!

ない。ごはんと福神漬けとともにお皿に盛って、完成〜！

で、実際このカレー、お味のほうはどうだったかというと、いや、すごかったです。まず、あんなにも強いカレーに負けないどころか若干勝ってしまってすらいる圧倒的な肉のうまさがすごい！ それに、ベースがレトルトカレーとは思えない、まるで何十時間も煮込んだかのような深みとまろやかさ。そもそも、もとの黄色っぽい色が、肉を加えただけで思いっきり茶色く変わっちゃってるんだけど、これはどういう現象なんだろう？

とにかく頭のなかに、よく考えると意味不明な「天上人の晩餐会」という言葉さえ浮かんできます。とはいえ、じゃあボンカレーの良さはすっかり消えてしまったのかというと、そんな

長年の夢がついに実現

こともない。どこか親しみのある面影はちゃんと残っていて、そこがまたいい。たまに顔を覗かせるころんとしたじゃがいもなんか、久しぶりにばったり会った地元の友達みたいな安心感があります。

ところでこの連載のタイトルは「つつまし酒」。お酒の話をしないと始まりません。が、カレーライスについては、いにしえの時代から「そもそもお酒と合うのか?」問題が、酒飲みたちの間で議論されてきました。結論から言えば、僕はいけます。カレーとお酒。というか、カレーを食べるときは必ず横に、ビールも一緒にあってほしい。ただ、カレーライスってあらゆる料理のなかでも、ちょっと度を超えて美味しすぎるんですよね(あくまで個人の感想です)。僕の食事は基本、「酒が主、食が従」な傾向にありますが、カレーに限ってはこれが逆転してしまう。

う〜ん、どうすれば逆転しないのかなぁ？　みなさんはどう思います？　え？　どうでもいい？　ですよね！

〈2021年8月27日〉

ぜ〜んぶニセモノ！フェイク海鮮ちらし寿司

ドラゴンフルーツの皮がまぐろ味!?

信じられない噂を耳にしました。

ドラゴンフルーツって知ってます？　独特の禍々《まがまが》しい形をした、いかにも南国生まれという感じの、ちょっと申し訳ないけれども、探り探りじゃないと会話が成り立たなそうなタイプの、いわゆるそういった、フルーツです。そのドラゴンフルーツのですね、果肉じゃなくて皮のほう、を、ゆでて、わさび醤油で食べると、まぐろの刺身の味がするらしいんです！　信じられなくないですか？　あんな硬そうな皮が。だけど最近、何度かそういう噂を耳にしまして、そんなおもしろそうな話、試してみずにはいられないじゃないですか。さっそくスーパーで買ってきましたよ。ドラゴンフルーツ。

で、今日はもう、果肉本体のほうはおまけに近いような感じなので、スプーンでほじくりだしてタッパーに入れておき、やれ急げとばかりに皮のほうの調理にかかります。

まず、うろこのように飛び出している緑色の先端の部分をカットしていく。すると、なんだかゴツゴツとして真っ赤な、漫画『ベルセルク』に出てきた「ベヘリット」ってわかりますかね？　あんな感じの、〝悪魔の心臓〟とでも形容したいような、謎の物体が出現します。これをまぐろのお刺身くらいの幅にカットし、熱湯で2〜3分ゆでてみる。ゆであがったらザルにとり、流水で表面のぬめりを洗い流してやる。すると確かに、ぱっと見はまぐろ刺しに見えなくもないぞ。う〜ん、不思議な食べ物だ。

　これをいざ、わさび醤油で食べてみましょう。ぱくっ……もぐもぐもぐ……ん？　んんん!?　正直ですね、僕、「言うても！」と思っちゃってたところがあったんですよ。「言うても！　果実の皮やん？」って。ところが！　もちろん魚介的な旨味はありません。でも、食感は完全にまぐろのトロ！　もっとシャキシャキ感が残るのかと思いきや

こいつです

酔っぱらってたらわからないくらいには近い

そんなことはなく、口のなかでとろりと溶ける。全くクセがなく、わさび醤油の味しかしないので、かなり脳が錯覚してくれます。いや本当、人間っていろいろおもしろいこと発見するよな～。

タピオカいくらも作っちゃえ！

そこで思いついてしまったんですよね。こいつを使って、ぜ～んぶニセモノの食材で作った、豪華海鮮ちらし寿司が作れないかな？　って。めちゃくちゃ楽しそうじゃないです？　見た目は、そして味は、どこまで本物に近づくのか？　よし、すぐに実行だ！　と、〝ニセまぐろ〟をもう少し小さめにカットしてわさび醤油で漬《づ》けにしておき、その間、またまたスーパーへ行って、追加食材を買ってきましょう！

素材として選んだのは、フェイク食材の代表、本格カニカマ、焼きホタテそっくりのかまぼこ、それから、全体をまとめあげる潤滑剤として期待できそうな、アボカド。

そしてそして、ここからがさらに注目。数年前、タピオカブーム花盛りだったころ、「富士そば」の変わりダネメニューとして、「いくら風タピオカ漬け丼」という信じがたいメニューが提供されていたことがありました。当時は食べなかったんだけれども、あれは使えそうだ。というわけであちこち探してみたところ、輸入食材店の「カルディ」で見つけることができました。ゆでる前のタピオカ、「タピオカパール」を。そこでこいつを、説明のとおりにゆでて誰もが知るぷにぷに状態にした後、だし醤油と、なるべく赤いほうがそれらしいだろうと、梅酢も加えて、しばらく漬けておいてみることにします。完全に想像で作ってるけど、一体どんなものができあがるのか。というか、２０２１年にタピオカでいくらのニセモノ作ろうとしてる奴なんて、きっと全国で僕ひとりだろうな

まだ売っててよかった！

どっからどう見てもいくらだ

……。

約30分後、酢醤油漬けタピオカの様子を見てみると、うわ、とりあえず見た目は完全にいくら！　むしろこんなにうまくいくなんて思ってなかったほど。試しにそのまま試食してみる。うむ。プチプチ感こそないけれど、わはは、これまた想像以上にいくらだ！　見た目＋醤油味に加え、梅酢の酸味もちょうどよくそれっぽくて、僕、ぜんぜんこれ、どんぶりメシにぶっかけてわしわし食べたいですよ！

見た目は完璧！　さて味は……

さて、いよいよ総仕上げの時がやってきました。準備した食材たちを、「すし太郎」を混ぜたごはんの上に盛りつけていきましょうかね。

見た目、いいんじゃないですか？

アボカドぽんぽん、カニカマぱらぱら、ホタテカマぽいぽい、大葉をふぁさ〜っ、そしていざ、にせまぐろをドカドカドカ、にせいくらをドサドサドサ〜！　いよっ、完成！　パリッコ特製「フェイク海鮮ちらし寿司」！

　いや〜、すでに達成感ありますね。作りはじめる前は、まさかこんなにそれらしくできるとは思ってなかった。あとはまぁ、美味しかったらめでたしめでたし。そうでもなかったら笑い話。とりあえず、食べてみましょうかね。

　ではまず、なるべくいろんな食材がのったエリアを、酢飯とともにほおばってみます。するとこれが……お、お、美味しぃ〜っ！　ドラゴンフルーツの皮って、ちょっとオクラのようなぬめりがあるんですが、そのせいか全体の口あたりがものすごくとろ〜りとしてます。で、そ

ぐいのみ日本酒とともに

こに、いくらっぽいものや、カニっぽいものや、大葉や酢飯といったそれらしき要素がかけ合わさって、もう完全に海鮮ちらしですよこれは。っていうか、確実にどこかから「海の味」がする。カマボコ勢のがんばりかな?

で、さらにここで、ぐいのみに注いだ日本酒を豪快に流し込む。あぁ、もはや寿司屋だここ……。と、脳が完全に錯覚しきってしまったので、つまり僕は今、まぐろのトロやいくらを誰に遠慮することなくばくばくと食べているということになる。なんというぜいたく！　なんという幸せ！　よく考えると、本物の食材を買ってきて作るよりもだいぶ面倒だけど、いやいや、確実に手をかけただけはある美味しさでした。

そうそう。フェイク海鮮ちらし晩酌をぞんぶんに楽しんだところで、そうだ、まだドラゴンフルーツ本体のほうが残ってたんだ、と、デザートに食べてみることにしました。するとですね……なんというか……今までちゃんと食べたことがなかったんですが、ドラゴンフルーツって、ほのかにごぼうっぽい土の香りがするような、甘みの薄～いキウイみたいな味なんですね。どこかぼんやりして、覇気がないというか。

いろいろな果物を食べる一環としてたまに買い、「あぁ、やっぱりドラゴンフルーツって、ほっと安心するね」なんて楽しみかたは今後もしたいと思いますが、そんなに頻繁に買うほどのものでもないかもしれない。というか、お手頃なキハダマグロなんかの刺身、ドラゴンフルーツより安いことも多いしな。そう考えると今日1日、一体僕は、なにをしていたんだろうか……？いやいや、冷静になっちゃダメだ。こういう無駄を楽しむことこそが、僕なりの酒の道。そして、そんな無駄のなかからこそ、「ドラゴンフルーツの皮をゆでてわさび醤油で食べるとまぐろっぽい」みたいな新発見が、生まれるに違いないのだから。

〈2021年11月5日〉

手食酒

手酌酒ならぬ

数種類のカレーやおかず、それからごはんがひとつの大皿に盛られ、それらを少しずつ混ぜながら食べる南インド料理「ミールス」。そもそも日本の食事って、あちこちに手をつけたり、こねくり回したりといったことは無作法とされがちですが、それらを全肯定し、全力で推進してくるのがミールス。独特のワクワク感があり、とても楽しくて美味しいんです。

そんなミールスに興味が湧き、専用の食器を買って、なんでもかんでもミールスみたいに盛りつけ、食べてみよう！　という趣旨の記事を、とあるサイトで書かせてもらったのがつい先日。それが思いのほか楽しく、取材は済んだにもかかわらずお皿は食卓に登場し続け、ふだんのお昼ごはんをミールスっぽく食べたりして楽しんでおります（朝と夜は家族と食べることが多く、さすがに僕だけそんな食べかたしてるのは気が引けるので、あくまで昼だけ……）。

そんなふうにミールスのことを考えてばかりの日々を過ごしていたら、やがてこう思うようになりました。「手で食べてみたい」と。そもそもミールスやインドカレーを食べるにあたっては「手食」のほうが主流であり、そして調べていると、スプーンで食べるよりも確実に美味しく感じるという話もたくさん目にしました。それに、世界的に見ると、手食文化の割合は約４割で、箸およびフォーク&ナイフのそれぞれ３割よりも多いらしいんですよね。

なんでやらなかったんだろう。あ〜もうダメ。今すぐにインドのカレーを手食してみたい！　そしてそれをつまみに、ビールが飲みたい！　手酌酒ならぬ、手食酒がしたい！

手食することによる気づきの多さ

ただ、インド料理店に行って、日本人の僕がいきなり手食をしだすのはちょっと抵抗があります。いや、まったく問題はないんだろうけど、初心者なので……。ならばまずは家でやってみようと、大好きな地元のインド・ネパール・タイ料理店「ススマ」で、お弁当をテイクアウトしてきました。数種のカレーから選べる「ライス弁当」が、なんとたったの５００円。「チキンティッカ」をつけても６５０円と、大変リーズナブル。それでいてものすご〜く美味しく、昨年〜一昨年の緊急事態宣言中など、何度このお弁当に外食欲を満たしてもらったことか。なのになんで一度も手で食べようと思わなかったんだろうか。うかつだったな〜。

買ってきたばかりでまだホカホカのこのカレーを、まずはひと口、スプーンで食べてみます。あ、美味し。いつもの味。

しかしながら、今日はこれを手食していきましょう。まずはエスニック雑貨店で買ったステンレスの大皿に、お弁当の中身をすべて盛りつけなおします。そうしたら、本場インドの家庭では地べたに敷いた敷物の上でカレーを食べるのが一般的ということで、そのようにセッティングをしてみる。これを、あぐらもしくは立て膝で食べるらしいんですが、そのちょっとした背徳感がたまりません。が、インドではむしろ、日本の立ち食いなんかは体に良くないということで、もってのほかなんだそうで。

さぁ、いよいよ手食の世界に突入していきましょう。入念によ〜く洗った手で、慣れないものでおっかなびっくり、チキンやごはんをちょんっとつついたりしてみる。その後覚悟を決め、えいやっと、ごはんとカレーの間くらいのゾーンに指をつっこみ、ぐるぐるとかき混ぜる。「使うのは、人差し指、中指、親指の3本の第2関節まで」という作法もあるようですが、そこは宗教

「ライスティッカ弁当（マトングリーン）」（650円）

セッティング完了

や文化の違いによってまちまちだそうなので、アバウトに。ただし、不浄とされる左手では絶対に直接食べものは触らず、使うのは右手のみ（食器などは左手で持ってもいい）。

　カレーを混ぜはじめると、ちょっとした衝撃がわかりやすく全身を走り抜けました。「これ、もう食べてるぞ！」と。唇や口のなか、舌などで感じる「食感」は、美味しさの大きな要素のひとつでありますが、スプーンではなく自らの手を使うことにより、文字通りすでに〝食〟を〝感〟じはじめている。いや、おもしろいです。

　で、実際に手食をしてみると、脳内シミュレーションがじゅうぶん行われていたこともあってか、まったく難しいことはありません。それに、手の感覚も加わるので味がすごく立体的になるし、カチリとしたスプーンの歯触りがない

3本指ですくって親指で口に押し込むように

ぶん、なんだかいつもと同じカレーとは思えないほど優しく感じる。

それに加え、実際にやってみて気づいたことがたくさんありました。そもそも手食では、手に持てないような熱々の料理は食べません。そのかわり、冷めてもずっと美味しい。これはもう、理屈ではなくそういうものらしい。それから、左足が自然と立て膝になり、右肘は右膝の上に置くようにして食べている自分に気づく。つまり、その基本とされる姿勢がすごく理にかなっている。さらに、カレーだけでなくチキンやマトンなどの具材。これもまた、手で持ち、ぐっと力をかけてみたりしてみると、何気なく歯で噛み切ってしまっていたときには気がつかなかった食感の違い、硬さなどが、文字通り手にとるようにわかる。

加えて、これは主に僕だけの問題かもしれませんが、お酒について。いつもはなんの疑問も持たずに右側にスタンバイさせるビールですが、手食中は右手で飲むことができません。つまり、左側が定位置となる。で、左手で飲む。右手でカレーを食べて、間髪入れずに左手で飲む。このリズムの楽しさ！　ふだん、自分がいかに右手ばっかりを使って食事をしていたのかに気づかされました。

ラスト付近、なんとなく思い立ち、ひと口だけこのカレーをもう一度スプーンですくって食べてみました。すると、先入観か、どうもスプーンの金属の味が気になってしまう。それに、さっきまではぜんぜん感じてなかったのに、スプーンで食べると突然「冷めた食べもの」という印象が強くなり、なんだか味わいが物悲しい。

何度も食べてきたカレーを手食するだけで、気づかされたことの多さよ。なんとも興味深い食体験でした。

すべての料理はミールスである（？）

これに味を占めてしまった僕は、その後も家でこっそり、手食酒を楽しんでいます。たとえば、ごく普通のレトルトカレー。これなんかももちろん、ふだんとはまったく違った味わいになるわけで。

ある日のお昼、100円程度で買えてしっかり美味しい、お気に入りレトルトの「おいしいカレー」を手食してみることにしました。ここでポイントなのは、プラスでいくつかのおかずがあるとさらに良いということ。今回は、インドの漬物「アチャール」気分で、福神漬けの他に、家にあった普通のお漬物2種類を加えてみましたが、それだけでもじゅうぶん楽しさはアップします。

ごはんとカレーの境目を混ぜながら食べるのはもう慣れたもの。手食することにより、いつものレトルトカレーが、なぜだかだいぶインドカレー。そうか、カレーって、カレーだったんだ！　などと、当たり前のようなよくわからないような真実に気づかされたり。また、スプーンよりもきめ細かい動作が可能になるので、ごはんとカレー、お漬物の割合を、ひと口ごとに緻密に組み立てることが可能。ものすごく広がるんですよね。漫然とスプーンで食べるカレーとは明らかに違い、味のバリエーションが。

またある日。この楽しさ、もはやカレーにこだわる必要もなくね？　と思いはじめ、家から遠くない場所にあるお弁当の名店「津多屋」の幕の内弁当を手食してみようと思い立ちました。

そこでお店に行き、ずらりと並ぶメニューのなかから、いちばん〝手食欲〟をかきたてられるのはどれかな～？　と選んだのが、「2色そぼろ幕の内弁当」。定番の「のり2段幕の内弁当」と

「幕の内弁当」だって

も迷ったんですが、のり弁をちぎりながら食べたら、それはもうおにぎりなんじゃないか。そこへいくとほら、そぼろって、お箸だと若干食べにくいじゃないですか。むしろ手食のほうが向いてるんじゃないの？　と。

　これまた大当たりでしたね。まずもって、そぼろごはんの手食になんの違和感もない。ただただうまい。それから、色とりどりのおかずたち。すべての感触、硬さ、弾力などがまったく違い、お弁当って味に加え、こんなにもいろんな食感の食べものたちで構成されていたんだと衝撃を受けます。

　海老フライのしっぽを持って先端にかじりつく嬉しさ。ゆで玉子や揚げた里芋の意外な強度。ポテトサラダの食べやすさ。そして、あちこちを混ぜながらミールス的に食べる、味の無限の

これはもう、和製ミールス

可能性！

おっと、ここまでくるともう慣れたもの。幕の内弁当に合わせたいのはやっぱり日本酒ですが、何度もおちょこやグラスに注がないといけない瓶のものではなく、「カップ酒」を選ぶのが最良の選択ということでみなさん異論はないでしょう。その点だけ、ご留意いただければと。

〈2022年2月25日〉

焼きたての宅配ピザで飲みたい！

宅配ピザのごちそう感

宅配ピザのお店が初めて地元にできたのは、確か僕が中学生のころだったと思うので、今から30年近くも前でしょうか。家の近所に「ピザーラ」ができ、物珍しさから親が注文してくれたそのピザの美味しかったことといったら！　あきらかに人生でそれまでに食べてきた料理たちとは異なる、異国情緒たっぷりの見た目。巨大な生地に色とりどりの具材とチーズ。食べ盛りには特にたまらない、濃いぃ～味！　世の中にこんなにもうまいものがあるのかと感動したことをよく覚えています。

以来ずっとピザは大好物。ただ、宅配ピザって値段的にはかなりのごちそうなんですよね。大学時代くらいまで、僕のうちにはよく地元の友達が数人集まって、だらだらとゲームなんかをやりながら、飽きずに飲み会をしていました。すると誰かが「ねぇ、ピザ食いたくない？」なんて言いだす。だけどみんな貧乏だし、1000円ずつ出しあうことすらもハードルが高い。

そんなときに重宝したのが、偶然実家が配達エリアに入っていた、チェーンではなくインディーズ系の宅配ピザ店「ピザフレンドリー」。S、M、Lとサイズがあるうち、特にMサイズがお得で、メニューにある大部分のピザが、Sサイズとあんまり値段が変わらない、約1000円で食べられたんですよね。そりゃあピザーラほどの具沢山豪華ピザではなかったけれど、じゅうぶんに美味しかったし、フレンドリーには何度もピザ欲を満たさせてもらったなぁ。

焼きたてが食べられないジレンマ

と、僕にとって今でも特別なごちそうである宅配ピザなんですが、しばらく前にふと、こんなことを思ったんです。

「一度でいいから、焼きたての宅配ピザが食べてみたい」

宅配ピザって専門店やイタリアンのお店で食べるのと違い、その性質上、どうしても焼きたてを食べられない料理じゃないですか。そりゃあ企業と配達員さんの努力により、驚くほど迅速に、まだまだ温かいピザを届けてもらえる。けれども〝ノータイム〟ではない。常にほんのりと、しっとりしている感は否めない。以前、緊急事態宣言明けに数ヶ月ぶりに焼鳥屋へ行き、焼き台から直接届いた焼鳥を食べたら、地元で何度も行ったことのある店だったのに、その美味しさに大感動してしまったなんてことがありました。あれの宅配ピザ版をやってみたい。

実はですね、その方法を思いついたんですよ。我が家の最寄り宅配ピザ店は、「ドミノ・ピザ石神井公園店」。最近の宅配ピザって、「お持ち帰り半額」なんていうとんでもないサービスがけっこう普通になってますよね。ここドミノ・ピザも例外ではなく、我が家でもよくその恩恵に与《あずか》っております。ネットで簡単に予約注文ができるので、それで時間指定をしておいて受けとりに行き、持って帰って家で食べるんですけどもね。その場合で、受けとりから食べ始めまで、最速で15分くらいかなぁ。それでもぜんぜんあったかい。けれどもノータイムではない（しつこい）。

このタイムを極限まで縮める方法。それはですね、焼きたてのピザを受けとったら大至急、地図で測ってみたところ直線距離にして１２２ｍの場所にある「石神井公園」に移動して、そこですぐさま食べるというもの。これは早いよ。５分もかからないんじゃないかな!?

焼きたて宅配ピザ計画、実行

というわけで、あるぽかぽか陽気の午後、計画を実行に移すことにしました。現在時刻は午後２時半。そこで、30分後の午後３時に受けとり時刻を設定し、10分前くらいに現地に着くように家を出る。現地に到着したら、いったん最寄りのセブン‐イレブンでよく冷えたビールを購入。

しかる後、ふたたび現地に舞い戻り、5分前まで店外で待機。

　気が早い客だと思われることは覚悟のうえで、5分前に入店。予約した旨を店員さんに告げるとスムーズに、「では先にお会計お願いします」とのことで、よしよし、なんだかいい流れだぞ。そしてお会計終了後、店員さんが発した言葉に、僕は心のなかで大歓喜したのでした。

そして5分前

「ピザのほう、あと2、3分で焼きあがりますので少々お待ちください」
　うおー、きた！　正真正銘！　焼きたてのピザが受けとれる！　なんだかうまくいきすぎてこわいくらいだわ……。そんな慌てぶりを店員さんに悟られないように店のすみで静かに待ち、午後2時59分、無事ピザの受けとりが完了。おおっ、もう、ちょっと手が触れた外箱からして熱々だ。
　そこからはもう全力ダッシュ。あの時の僕、たぶん１００ｍを9秒台で駆け抜けてたと思います。で、公園に着いたら即座に空いているテーブル席を探す。よし、平日の日中だけあってすぐに見つかりましたよ。時刻はなんと、午後3時2分。つまり、受けとりからここまで、わずか3分。

これはどう考えたって焼きたてと言えるでしょう。

　選んだピザは「エビマヨネーズ」「マルゲリータ」「ドミノ・デラックス」「炭火焼チキテリ」の4種類が1枚になった「クワトロ・2ハッピー」、直径23㎝のMサイズ。通常価格2390円のところ、お得にもほどがある1195円。え～い、せっかくの機会だから320円の「トッピング2倍盛」もつけてやれ！　と、締めて合計、税込み1515円。見たか大学時代のおれよ。君はまだ1000円のピザをみんなでシェアして喜んでいるようだが、こちとら、たまにだけど1500円オーバーのピザをひとりで独占できるまでの男に成り上がったぞ。しかも焼きたてだ。参ったか！　悔しかったらお前もこうなってみろ！　と、時系列のよくわからない優越感に浸りつつ、いざ、焼きたてピザにかぶりつくことにしますかね。

240度の高温で焼きあげられたばかりのピザ

　おっと、ただし、いくらひとけがまばらとはいえ、平日の昼間っから公園でひとり、ホールのピザにむしゃぶりついている職業不詳の男性というのは、絵的にまずいでしょう。そこであらか

いただきま～す！

じめ100均で買っておいたプラスチック製のフードパックとワックスペーパーを取り出し、いかにも「駅前のお気に入りのイタリアンでテイクアウトしてきたピザで、遅いランチしてます」といった体《てい》を装いつつ食べていきます。もちろんピザの箱はベンチに移動させ、上にカバンを置いてカモフラージュ。これで道ゆく子供に「ママ～、あのおじさん、なんで宅配ピザをお外で食べてるの？」と怪しまれることもないはず。

　ではあらためて、いただきま～す！　まずは王道のマルゲリータから。おお、嬉しい。なんたって、生地が熱い。そしてたっぷりのチーズが今にもなだれ落ちそうだ。そこを口で迎えにいく。ひ～！　熱々とろとろのチーズとジューシーなトマトの美味しさが口のなかで大爆発！

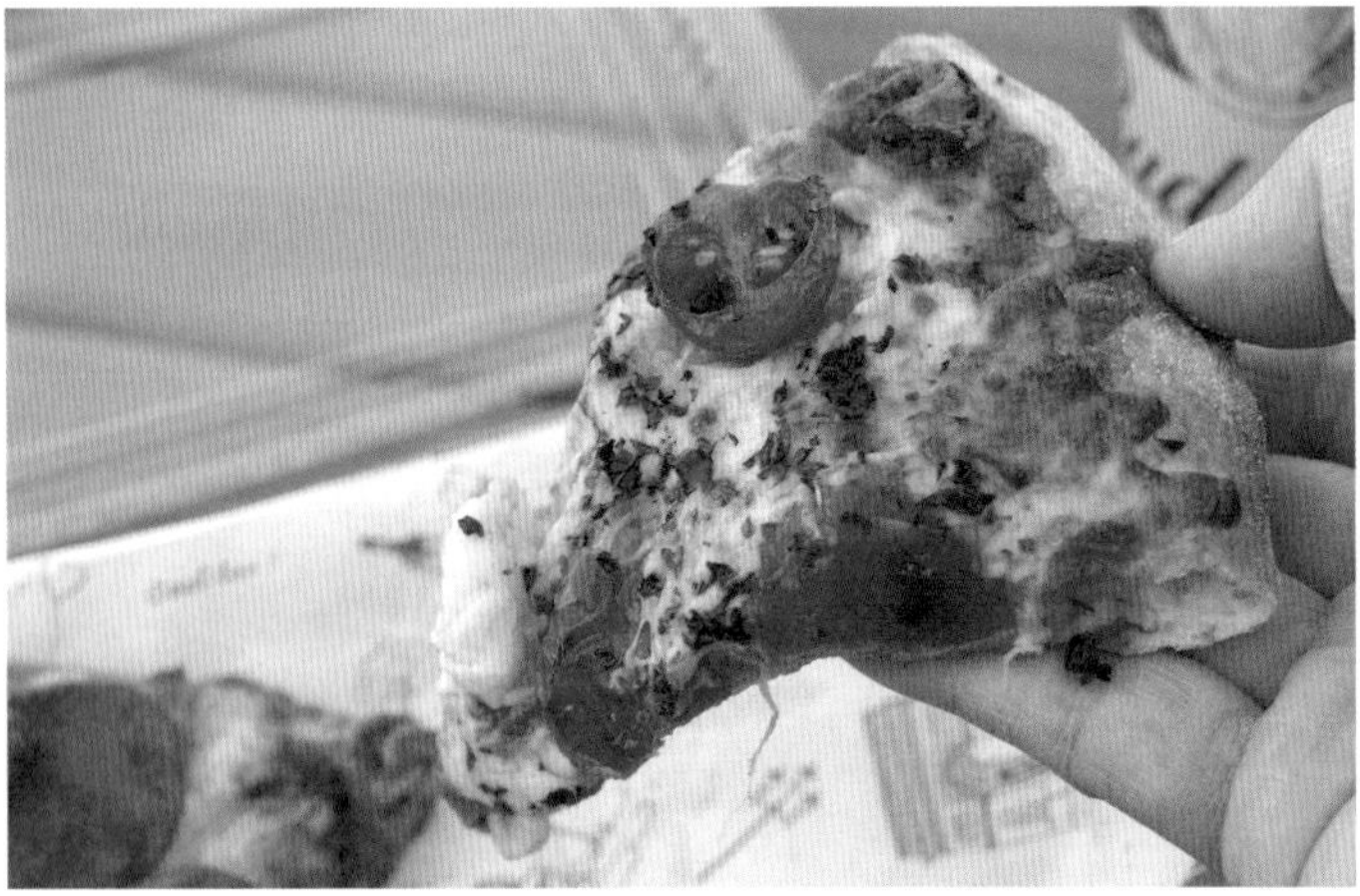

ズシッ

しかもそれを受けとめる生地が、ぱりっぱりのふわっふわで軽い！　特にいつもだと、〝最後のノルマ〟みたいな感じでなんとなく義務的に食べている耳の部分。焼きたてはこんなに美味しかったのか！

すかさず「ピザに合いそう」という理由でチョイスしておいたアメリカのビール「バドワイザー」をプシュ。ごくごくごく……え〜!?　バドワイザーってもっと飲みやすさ至上主義の軽〜いビールだったような記憶があるんですが、なんだろう、もちろん飲みやすいんだけど、今大流行中の「マルエフ」にも通じるしっかりとしたまろやかさのある、ものすごく美味しいビールですね。焼きたてのピザとのバランスが良すぎるわ。

店名を冠したドミノ・デラックスの風格ある

こってり軍団もいい～

味と肉々しさ、和風ピザの名作、炭火焼チキテリのこってり感、トッピング2倍盛を選んだ自分を今一度褒めてあげたい、エビマヨネーズの尋常じゃない海老のごろごろ感。どいつもこいつも最高だぜ～。ビールごくごくっ！　っぷは～！……なんてやっていたわけなんですが、けっきょくその4切れとビール1缶で、もう大満足。

なぁ、大学時代のおれよ、40も過ぎるともう、トッピング2倍ピザなんていう重いものは、そんなに量食えんのよ。この残り半分、できることならそっちに転送してやりたいよ。際限なくピザが食べたいと思っていた時代は金がなく、やっとこのくらいのぜいたくができる歳になったらなったで、気持ちに体がついていかない。人生、うまくいかんよなぁ……。

って、なんだか急によくわからない後ろ向きモードになってしまいましたが、焼きたての宅配ピザが絶品すぎたことは厳然たる事実。いや〜、いい経験でした。もしも可能な環境にある方は、ぜひ一度やってみてくださいよ。ちょっとね、びっくりすると思いますよ。

〈2022年4月8日〉

パネンムー派宣言

パネムーン？

2021年の5月、我が街石神井公園に「タイキッチン マゴ」という、新しいタイ料理屋さんがオープンしました。地元にできた新店とあれば気にならないわけはなく、行ってみたいなとは思いつつも、当時の東京は緊急事態宣言中。酒類の提供はないし、そもそもあまり外食をする気分ではない。そこで、テイクアウト販売が始まったタイミングで、まずはそれを利用してみることにしたんです。

WEB上でメニューを見てみると、1日20食限定の「カオマンガイ」をはじめとした、ガパオライスやグリーンカレーなどの定番はもちろん、サラダ、スープ、一品料理まで、かなりあれこれテイクアウトできるらしいのがありがたい。そのなかで僕が気になったのが「パネムーン」というメニュー。説明書きには「豚のカレー煮込み」とあり、さらに、「シチューのようにトロッとしている」ともあります。初めて聞くタイ料理だけど、これ、僕の嗜好にドンピシャじゃ

「パネムーン」。ライスつきで880円

ん！　と、頼んでみることにしました。

　で、このパネムーンなる料理を食べてみて大感激！　僕はそもそもタイカレーが大好きなのですが、それをさらにココナッツミルク風味でこってりとさせたような味の方向性。そこに野菜と、厚みのある豚肉がごろごろ。まるで、既存のタイカレーを自分好みに魔改造してもらったかのような満足感に、もううっとりですよ。

　そこで、へ〜こういう料理があったのかと、「パネムーン」についてＷＥＢで検索してみたのですが、ぜんぜん情報が見つからず、出てくるのはタイへのハネムーンの記事ばかり。現地でもかなりマイナーな料理なのか、それともマゴだけのオリジナルなのか……。しばらくは悶々《もんもん》とした日々を過ごしておりました。

　この問題に突然光明が差したのは、緊急事態

モモタイの「パネンガイ」（390円）

宣言も明け、僕がこの世でいちばん好きなタイ料理屋、新宿三丁目の「モモタイ」で飲んでいた時のこと。店主の桃子さんに何気なく聞いてみたんです。

「そういえば、タイ料理に『パネムーン』ってありますか？　地元のお店で食べて美味しかったんだけど、情報が見つからなくて」

　すると桃子さん。

「う〜ん、『パネンムー』なら知ってるんですけどね。今パリッコさんが食べている『パネンガイ』が鶏肉のレッドカレー煮込みで、それの豚肉版。タイ語で『ガイ』が鶏肉、『ムー』が豚肉のことなので」

　うおお！　なんという自分の目の節穴っぷり。そうか、今食べてるパネンガイの鶏肉を豚肉に変えれば、それすなわちあの料理じゃん！

　もちろん桃子さんは、「私も全部を知ってるわけじゃないので、パネムーンって料理もあるのかもしれないですけど……」とご謙遜されてましたが、この情報の有力度はかなり高い気がしますよ。そもそも、外国語の日本語表記になんて揺れがあって当然だし。ありがとうモモタイ！

ありがとう桃子さん！

宣言します！

そこで帰って調べてみると、やっぱりちゃんと情報が見つかる！　以下、僕なりにわかったことをまとめてみます。

「パネンムー」もしくは「パネーンムー」は、タイカレーの一種。あ、ちなみに、タイには実際は「カレー」と呼ばれる料理はなく、タイカレーとはあくまで、日本人などが便宜的に使っている呼び名だそうで、そのあたりはインドカレーの事情と同じですね。たとえば、日本でもポピュラーな「グリーンカレー」であれば、正式名称は「ゲーンキャオワーン」。直訳すると、緑色の（キャオ）甘い（ワーン）汁物（ゲーン）。同様に、「レッドカレー」は「ゲーンペット」で、辛い汁物となるそうです。

ではパネンムーとはどんな料理か。僕の調べた範囲では、「豚肉のレッドカレー煮込み」「豚肉のレッドカレー」などと表記しているお店が多いようでしたが、これはどうも、わかりやすさ重視のためであって、厳密にはちょっと違うよう。

まず「パネン」が、そもそもたくさんあるタイカレーの種類のひとつであり、ざっくりと言えば「各種スパイスやタイハーブ、ピーナッツ、そしてたっぷりのココナッツミルクを使ったカレー」という感じ。特徴はやはり、ココナッツミルクの濃厚なコクで、グリーンカレーやレッドカレーに比べてとろりとしていることが多く、なぜ日本でもっとメジャーじゃないのかわからないほど日本人好みのタイカレーなのだそう。そこに「ムー」、つまり豚肉を加えたのがパネンムーというわけですね。だんだんわかってきたぞ。

それを知ったうえで後日、あらためてタイキッチン マゴにランチを食べに行ってみることにしました。で、ランチメニューを見てみるとなんと！ そこにははっきりと「パネンムー」の文字が！ はは。最初に見たメニューが誤字だったのか、それとも僕の見間違いだったのか。ともかくかなり遠回りはしたけれどたどり着いた。やっぱりこれは、パネンムーに間違いないんだ！ と注文し、久しぶりにマゴのパネンムーとご対面。

テイクアウトではなく店内で食べるそれは、火を通した豚肉がソースに浸り切っておらず、よりフレッシュな見た目。まずはそのままひと口食べてみると、っくう〜……濃厚なココナッツミルクの風味と、それでいて、ただまろやかなだけではないスパイス感と塩気。やっぱり好きだ、この料理。これをいよいよ、香りの良いジャスミンライスに少しずつのせながらいただいていきます。う〜む、なんて、なんて本当に、白メシが、と同時にビールがすすむ料理なんだろうか。

うん、よし。僕、もう宣言します！ そりゃあタイ料理はなんでもかんでもうまいし、大好き。

ランチは生春巻きとスープもついて880円とお得

だけど強いて言えば、自分は「パネンムー派」であると！

難航するパネン探訪

ただこのパネンムー。日本ではまだどちらかと言えばマイナーな存在らしく、提供しているお店の数も多くない。いろいろなお店のパネンムーを食べ比べてみたいけれども、なかなか容易ではない。それでもあれこれ検索し、家から行きやすいエリアだと、新宿に2店舗ほどのパネン店を発見。そこで先日、いざパネン探訪をしてやろうと、まず一方のお店に、開店時間の午前11時を目指して行ってみます。

　気の早いことに15分ほど前に到着し、ランチメニューの看板を確認すると、確かにパネンムーの文字が。ところが11時を過ぎても、それから15分経っても、お店が開く気配がありません。もう30分もこのあたりをうろうろしてて、いいかげん疲れてきたぞ。一体どうなってんだ？　と、なかを覗いてみる。真っ暗な店内に積み上げられた椅子の列。こりゃ、今日はやんないな……。とあきらめ、次の候補店へ。

徒歩で約15分ほどの距離のところ、途中にタイ料理店を見つければ必ず店頭メニューを確認し、ここにもないか……と落ち込み。なんてことをくり返しながら、またまた30分ほどかかって到着した第2の候補店。なんとまさかの、臨時休業。

おおおお、お前らな〜、覚えてろよ！　絶対にこんどまた来て、パネンムー食ってやるからな！　それまで首洗って待っとけよ！　と心のなかで悪態をつき終え、さてどうしよう。いいかげん疲れてきたし、天気もいいし、もうビールが飲みたいよ。けれどもここまで来たら引っ込みもつかない。え〜い、行ったれ！　と、僕はそこから最寄りの次なる候補店がある高田馬場駅に電車で向かったのでした。

さまよいはじめてから、なんだかんだで2時間が経過しようとしている。疲れもあるけど、それ以上に心が渇きはじめている。もしも次の店もやってなかったら、どうしよう……そんな思いでたどり着いた「タイレストランB○SS本店」は、無事営業中！

渇望していたビールとご対面し、まずはごくごくっ。っかー！　労働（？）のあとの一杯はや

「パネンムー」(950円)

っぱり最高だなー！

さてメニューメニュー……。なるほど、ランチセットが6種類あって値段は９５０円〜１０００円。これがめちゃくちゃにお得で、たとえば９５０円の「鶏ひき肉のバジル炒め&グリーンカレー」のランチ。中央に盛られたごはんにその2種のおかずが添えられ、目玉焼きがのり、さらに生春巻き、サラダ、スープ、デザートまでついています。盛況な店内のほとんどのお客さんがこのランチメニューを食べているよう。が、ランチにはパネンムーなし。そこでグランドメニューを確認すると……あった！「豚のレッドカレー（Pa Neng Muu）」！　きぇ〜！　単品９５０円！　ランチが食べられる値段！　今、あえてこれ頼む人いる？　いや、いるんですよここに。そう、この僕が。だって今日は、パネンムーを食べに来たんだから。

ついに会えたね。タイレストランBOSSのパネンムー。なるほど、ここのムーは細めにカットされた薄切りタイプか。味はマゴよりもさらに濃厚で、疲れた心身にジーンと沁《し》みる。ビールにもばっちり。うまいうまい！　やっぱりうまい！

と、あっという間にたいらげ心は大満足。が、お腹のほうはまだ腹五分目といったところ。だけど、今からあんなに盛りだくさんのランチは食べられないしな〜……。というわけでこの日は、早い時間から開いていた近くの居酒屋でもつ焼きをつまみに一杯ひっかけ、おとなしく帰宅したのでした。パネンムー道は茨の道だな。

さて、ここからはおまけ。今後ともパネン探訪は続けていきたいと思ってるんですが、日常的にパネン欲を満たす、いつでも気軽に「パネン浴」ができる、いい方法を思いついちゃったんですよね。

そこで後日、大久保にある、タイとアジア食材のスーパー「アジアスーパーストアー」で、買ってきました。「パネンカレーペースト」＆「ココナッツミルク」。そう。食べたけりゃ、自分で作れ、パネンムー。というわけですね。

といってもこれが簡単で。ざっくりと言えば、フライパンでペーストを炒め、豚肉も炒め、ココナッツミルクで煮込むだけ。今回はたっぷりと作りたかったので、ペースト2袋とココナッツ

自作パネンムーで乾杯！

ミルク1缶を使用。もちろん豚肉も惜しみなく。さらに本場では「スズメナス」という小さなナスを具材に使うことが多いらしく、日本の一般的なナスとはぜんぜん別物なんだけど、合いそうだしいいやとナスも追加。最後に砂糖、生クリーム、ナンプラーなどで、自分好みに味を調整すれば、はい完成。

いや〜いいすね、豚肉を好きなだけ入れられる自作パネンムー。お米も、同じ店で買ってきたジャスミンライスを炊いてみたら、キッチンが一気にタイ料理屋さんの香り。天気が良かったのでベランダで、ビールとともにいただいちゃいましたが、もうね、言うことなし。

あらためて宣言します。

私、パネンムー派です！

〈2022年5月6日〉

第5章

酒場日和

ふらり酒の喜び

お酒が悪いのではないはず

つい最近、延長が続いた3回目の緊急事態宣言が解除され、条件つきではあるけれど、酒場で飲む楽しみが、僕たちの生活についに戻ってきました。と、思ったのもつかの間、どうやら数日後にはまた、東京は4回目の緊急事態宣言に突入するようですね。そうなればまたしばらくの間、たとえひとり静かにであろうと、お店で飲むことはできなくなるでしょう。さらに先ほど、政府がアルコールの販売業者に対して「酒類提供を続ける店との取引停止要請」をするなんてニュースまで耳にしました。ちょっと信じがたい。で、そんな大変な状況のなかにあって、なんとオリンピックは開催する方向なんだって。

なんというかもう、我々庶民、そして世の飲食店経営の方々は、なんらかの精神攻撃でも受けているとしか思えません。がまんにがまんを重ね、ほんの少しだけ状況が良くなったと思ったら、直後にさらなるがまんを強いられる。いいかげんそろそろ心がぺしゃっとつぶれ、明日を生きる気力すらも持てなくなってしまうんじゃないか……。どちらかといえば能天気な僕ですら、本気でもう、お酒＝悪なのかな？　これから本気で廃れていってしまう文化なのかな？　と、あきらめのような気持ちが湧いてきてしまいます。

　が、いやいやそんなはずはない！　僕の愛するお酒、そしてすべての酒場には、確かに希望の光が宿っているはずだ！　そして僕が今できることは、そんなお酒の素晴らしさをここ、世界の片隅から訴え続けることだけだ！　というわけで今日もまた、日常における幸せなお酒の楽しみについて、みみっちく綴《つづ》っていけたらと思います。

自分の感覚だけを頼りに

　さて先日、新橋にある某出版社で取材を受けるという仕事がありました。すっかり地元中心の生活になり、久しぶりにやってきた街。午後3時に取材が終わり、駅へ向かう道すがらには、すでにちらほらと灯りのついている店が。こりゃ〜吸い込まれないほうが失礼ってやつでしょう。お酒の神様に対して。

　この感じ、ものすごく久しぶりだな。コロナ以降、ついにお店で酒が飲めるぞ！　という状況になっても、行くのは地元の店か、もしくはすでに知っている好きな店ばかりだった。都会の飲

「立呑屋 新橋店」

み屋街をこんなふうに歩いて、「どの店に飛び込んでみようかな～?」ってわくわくするようなシチュエーションは、ほぼなかった。こういう飲みかたこそがいちばん好きだったんだよな、自分。ということすら、ちょっと忘れかけてましたよ。あぶないあぶない。

よし、今日はものすごく久しぶりに、自分の感覚だけを頼りに店を決め、その店にすべてをゆだねる、いわば「ふらり酒」。これをやってみることにしよう!

ここも良さそうだな、あそこも良さそうだな、なんてニヤニヤしながら飲み屋街を徘徊《はいかい》すること数分。言葉では説明できないさまざまな条件が重なり、僕が「なんとなく今日はここに入ってみたい」と決めたのは「立呑屋 新橋店」というお店。黄色地に黒字のシンプルな看板、赤ちょうちんに縄のれん。まずはその佇《たたず》まいが完璧。そして「立呑屋」という愚直にもほどがある店名！　これで入ったら座り飲み屋だったらおもしろすぎますが、きっと素直に立ち飲み屋さんなのでしょう。「新橋店」とあるから他にも店舗があるのかな？　ま、とりあえず入ってみますか！

　時間が早かったこともあり、どうやら僕が口開けの客だったよう。お酒メニューにホッピーセットがあることを確認し、なにはともあれ注文。すると、ホッピーと一緒に空のお皿が届きましたよ。どうやら、カウンター上のラップのかかった大皿に入った生野菜。それを好きにとってみそダレをかけるのが、この店のお通しスタイルのよう。いいじゃないですか、生野菜から始める飲み。しかもこのふとっぱらなお通し、なんと１８０円ですって！

　初めて入る酒場のカウンター。その新鮮な風景を眺めながら、今日食べることを想像もしていなかったつまみで飲んでいる。なんだろうこの、心身がリセットされる感じ。ふらり酒の楽しみってこれにつきるんだよな。あ〜生きかえる。

それではいただきます

「煮込豆腐」(350円)

これぞ酒場の良さ

壁の短冊、日替わりメニューともに気になるものが多く、どれも驚くほど安い。迷うな〜。とはいえ僕は肉豆腐類に目がなく、初めての酒場で見つければ頼まないわけにはいかない性分。まずは「煮込豆腐」をお願いしましょうかね。

ほうほう、いいじゃないですか。透明感あるスープの豚もつ煮込み、そこにカットされた絹豆腐がたっぷり。さらに小口切りのねぎ。まずはズズとその汁をすすってみると、ほんのりと野性味ある香りがしつつも、ものすご〜く旨味が濃い！　いや、これは僕が今まで出会ってきたなかでもかなり、個人的好き度で上位に入る煮込みですよ。そこになるほど、あんまり煮込まれすぎてないパターンの豆腐ね。やっぱり

「油あげおろしぽん」（230円）

いいじゃないですか。

　また、この煮込豆腐が量もたっぷりなもんで、ひと皿でホッピーのソト1ナカ2がきれいに空いちゃいました。ただ、せっかくだからもう1品くらいこの店のおつまみを味わってみたい。今日の気分は……よし、「油あげおろしぽん」だ！

　はぁ〜、いい。家で油あげをつまもうと思っても、僕なら単に炙って醤油をかけるだけですよ。百歩譲って、もしどうしてもそういう気分だったら、おろしポン酢を用意するまではやぶさかではない。けれど絶対にその先はない。ところがですよ。目の前の「油あげおろしぽん」には、そこにおじゃこがたっぷりふりかけてある。さらに刻みねぎまであしらわれている。このおもてなし精神こそ、酒場の良さ！　熱々の

「梅干しチューハイ」(290円)

あげとじゅわっと冷たいおろしポン酢、そしてじゃこねぎのアクセント。一見なんてことのないおつまみではあるんですが、油断するとわけもなく涙がこぼれてきそうな美味しさです。

最後に梅干しチューハイをおかわりし、じっくりとその組み合わせを堪能し、ごちそうさまでした。

いやはや、ほんの30分ほどでしたが、なんともいい時間だった。そしてあらためて実感しました。僕たち酒飲みは、日々のなかにこういう時間があるからこそ、明日からまたがんばれるんだと。人からやっかまれるようなぜいたくも、誰かの迷惑になることも、なんにもしていない。ただ、こうしてつつましくお酒を飲めるだけのことが幸せなんだと。

〈2021年7月9日〉

雪の降る日に……

1年ぶりの雪見酒チャンス

酒飲みの生態ってのは非常にわかりやすいものでして、春に桜が咲けばそれをつまみに、夏に蟬が鳴けばそれをつまみに、秋に木々が色づけばそれをつまみに、なにかというと酒を飲みたがるものです。僕の場合、その最たるものが「雪」。特に僕の住む東京では、きっちりと積もるほどの雪というのは1年に一度あるかないかで、ふだん見ている街並みが真っ白に雪化粧した景色なんかを見てしまったらもう、それをつまみに酒が飲みたくて飲みたくて、いてもたってもいられなくなるわけです。

なんてことは以前にも、この連載に「雪見酒」というタイトルで書かせてもらいました。そこにあるとおり、家やその近所の仕事場にいたならば、コンビニで酒でも買って、近所の石神井公園の東屋にでも行けば、すぐに雪見酒ができる。

ところが、東京に数年ぶりレベルのしっかりとした雪が降った日。つまり昨日はですね、まさにこの連載「つつまし酒」の新しい担当さんとの初顔合わせで、護国寺にある光文社さんにおじゃましていたんです。「これからどんなネタを書いていきましょうかね〜」なんて、わきあいあいと打ち合わせをしつつも、窓の外を見るとしんしんと雪が降っている。こんな雪見酒チャンスはそうそうないぞと、内心、気が気じゃない（って、ここに書くことじゃない）。

　無事打ち合わせが終わったのが午後3時。次の予定は、葛飾区のお花茶屋という街に午後5時に集合して、とある取材が1件。移動のことも考えると、僕に与えられた雪見酒チャンスは約1時間。さて、どうする!?

赤い灯の正体を確かめに

　そもそも今いる護国寺という街には、あんまり昼飲みのできるような店があるイメージがありません。仮に飲めたとしても、地下の店で、外の雪景色が見られないなんてのは論外。加えて、地元とは勝手が違い、公園の良き東屋なんてのはさらに見当がつかない。つまりは、まったくあてがない。

　う〜む、これはもう、ここよりは確実に酒が飲める店が多そうなお花茶屋に移動するのが正解か……。なんて考えつつも気ばかり焦り、未練がましく護国寺の駅周辺を徘徊していた僕の視線の先に突然、グレーにくすんだ景色から浮かびあがるように、ひとつの赤い光が飛び込んできたのでした。

　飲み屋……だろうか？　でもなぁ、こんな駅前でも商店街でもなんでもない、高速道路の高架下にぽつんと飲み屋があるなんて、ちょっとできすぎだよなぁ。このパターンには何度も泣かされてきた。期待して近づいていってみるとたいてい、看板の色あいが飲食店っぽいだけの灯油の店だったりするんだ。とはいえ、確かめないというわけにはいきません。道を渡って前まで行ってみると……おぉ！　持ち帰り焼鳥の専門店だ。ただ、持ち帰りか〜……惜しいな。ひと串オール80円は魅力的だけど、それを買ったところでどこで食べるかが問題だよな〜。……ん？　ちょっと待って、さらによくよく店内を見てみると、なにやら立ち飲み風カウンターがあり、そこで飲んでるらしきおじさんふたり組がいませんか？　いや、いるいる！　確かにいる！　ここ、店内でも飲める店なんだ！

あそこに見えるのは……？

「仕込み焼鳥 いいね」という店らしい

「ホッピーセット」(400円)

さっそく扉を開け、「飲めますか？」と聞いてみると「どうぞ〜」とのこと。うおー、こんな時間、こんな場所で、こんなにもジャストなタイミングで、こんなにもジャストな店に出会うってこれ、ほとんど奇跡と言ってもいいんじゃないでしょうか。

念願の雪見酒タイム

石油ストーブと焼鳥の焼き台、ダブルの効果でポカポカの店内は、通りに面して全面が窓というわば全席アリーナ状態。そのいちばんいい位置に陣取らせてもらいまして、まずはホッピーセットで、念願の雪見酒タイムスタート！

　やがて、よくばって8本も注文してしまった焼鳥も到着。目の前の雪景色を眺めながら、ぬ

自家製の浅漬け（200円）がいい箸休め

くぬくの店内で、熱々の焼鳥をつまみにキンキンのホッピーをやる。酒飲みとして、これ以上の幸せはないんじゃないだろうか？　っていう、完全なる天国です。

　またここの焼鳥が、塩かげんも、甘みがありつつもキリッと引き締まったタレの味も、ものすごく美味しい。ふわふわのつくねやとろりとしたレバーなどなどはもちろん、タレ味の輪切りウインナーのちょっとチープな美味しさなんかもう、抜群にホッピーがすすむな〜。

　そんな絶品の焼鳥をつまみにホッピーのナカのおかわりも飲みつくし、せっかくだからもうちょっとあったまってやれ！　と、芋焼酎のお湯割り（３００円）をもらいましょう。

　いつの間にか先客が帰り、客席に僕ひとりとなった店内に響くのは、控えめなＴＶの音声の

石油ストーブがある＝いい店

み。浅漬けをぽりぽりつまみ、芋焼酎をすすり、各地の雪の状況を伝えるワイドショーをぼーっと眺める静かな時間。目の前には降りやむ様子のない雪景色。あぁ、なんてぜいたくな時間なんだろうか。こういうことがあるから、酒飲みはやめられないんだよな〜……。

〈2022年1月7日〉

路麺店でそば屋酒

絶体絶命のピンチに現れた救世主？

初めてやって来た街の路上で、しばらく呆然と立ちつくしていました。

つい先日のこと、この連載「つつまし酒」の取材でどうしても行ってみたいお店があり、1時間以上も電車に揺られ、江戸川区の「瑞江《みずえ》」という街を生まれて初めて訪れました。ところが地図を頼りにたずねてみると、まさかの臨時休業！　ぎゃー、いやまぁ、そんなこともあるか。念のため事前に電話で確認しておかなかった自分が悪い。

それよりまずいぞ……締め切りが……差し迫っている……。スケジュール的には、今日その店を取材して、翌朝には大急ぎで書き上げなければ間に合わない。最近いろいろとイレギュラーな仕事の締め切りが重なってしまって、超ギリギリ進行になっちゃってたんだよな。しかも間の悪いことに、ちょうどストックのネタも切れてしまっている。さらに、約2時間後には新宿に移動して別件の打ち合わせがある。それが終わったらもう夜。あれ？　これ、俗に言う「詰んだ」っ

「立喰そば・立呑 みずえ」

て状態？　今すぐこの街で、なにかしらいいお店を見つけて酒を飲み、それを原稿にしないと、連載152回目にして初めて、原稿を落としてしまうことになりかねない。そんなことになったら、『まんが道』よろしく出版社から「ゲンオクルニオヨバズ　ヨソヘタノンダ」と電報が届いて、連載が終了になるに違いない。

真っ青な顔でふたたび瑞江の街を歩み出し、そんな都合のいいことなんてあるはずないよなぁ……と思いながら街を徘徊してみます。すると1分もしないうちに、どう見たって気になる外観のお店を発見！

我が目を疑いました。一見ごく普通の個人系の立ち食いそば屋。でありながら、店頭に「居酒屋」というちょうちんがぶらさがっています。僕、立ち食いそば屋でありながら一杯やれるお店、大大大好きなんですよね。老舗《しにせ》そば屋でやる「蕎麦前」ほど立派なもんじゃない、あくまで「そば屋酒」と呼びたい庶民の喜び。だけどそうぽんぽんと、どこでもできるわけじゃない。むしろ日本版ファーストフードであるという特性上、お酒を置いていない店のほうが多い。そんな貴重な店が、目の前に突然出現した。そしてそして、記憶にある限りこの連載では、まだ「立ち食いそば屋飲み」について書いたことはないはず！

もしもここに入ってみて、しかも楽しく飲めてしまったりしたら、ばっちりじゃないか。とはいえこんなご時世だから、一時的にお酒を出してない可能性だってあるし……僕は、祈るような気持ちで「みずえ」のドアを開けたのでした。

はたして望みは叶うのか

カウンターのみで最大5～6人入れるかどうかという小さな店内に、先客はおふたり。どちらも常連さんらしく、ご主人と穏やかに世間話をされています。おずおずと、「すみません、ひとりなんですが」と伝えると、優しそうなご主人、「どうぞどうぞ、うしろに折りたたみ椅子がありますので、お使いください」と招き入れてくれました。ひとまず、ほっ。

そしてなるほど、立ち食いといいつつ、座れる店か。最近は主流ですよね。価格帯やメニュー構成は完全に立ち食いそば屋のそれでありながら、座れたり、きちんとテーブル席まであったりする店。原稿などに登場させるたび、「立ち食いそば屋（といいつつ座れるお店）」なんてまだるっこしい表現を使っていましたが、先輩ライターで立ち食いそば業界に詳しい本橋隆司さんが、そういうお店全般を「路麺店」と呼んでおり、確かにそれはしっくりくる。というわけで僕もその表現を使わせてもらいましょう。

あ、それはそうと、注文だ。ぱっと見お酒のメニューが見当たらないけれど、入ったからにはなにか注文しないわけにはいきません。そこでご主人に伝えます。

「『春菊天そば』をお願いします。それと……お酒って飲めますか？」

「もちろんでございます」

「えっと、どんなものがありますか？」

「基本なんでもございますよ」

や、やったー！　と、生ビールをお願いします。

すぐに届いた、ジョッキまでギンギンに冷えた生ビールをぐいっと飲むと、問答無用にうまいと感じると同時に、それまでの不安が一気に空気中に放出されて消え去ってしまいました。だって今こうして、見知らぬ街の小さな路麺店のカウンターで生ビールを飲んでいる。それすなわち「つつまし酒」じゃないですか。

「生ビール」（400円）

さらにカウンター上に目をやると、壁のそば系メニューとは別に、日替わりの黒板メニューを発見。これがもう、想像の何倍も居酒屋！　おつまみ、こんなに充実してるなんて！　え〜となになに？　今日の日替わりは、「スペアリブ」「栃尾油揚げ焼き」「焼魚ハラス」「玉子焼き」「いかステーキ」「チーズスペシャル」「ししとう」「もずく」「板ワサ」ですか。どれもいいなぁ。チーズスペシャルもいかステーキも気になるし、全体的にお手頃価格だな〜。それにしても、路麺店でスペアリブって！

　と、迷いつつ、今日はあえて「蕎麦前」風に寄せてみるのもおもしろいかもしれないと、板ワサと玉子焼きをお願いしてみることに。するとご主人「おそばは作ってしまっていいですか？　それとも少しいい気分になったところで召し上がりますか？」なんていう、鳥肌が立つほどに嬉しいお言葉をかけてくださいました。やめてもう、ちょっと泣きそう……。ではお言葉に甘えて、ちょっといい気分になったところでお願いします！

ただただ、ご主人に感謝

おつまみ到着。板ワサ、ぷりぷりとして魚肉の風味が濃く、これ、かなり上等なかまぼこなんじゃないでしょうか？　たっぷりのわさびとご主人の気遣いに時折涙ぐみつつ、ビールをぐいぐい。ミルフィーユ状に焼かれたふわふわの玉子焼き、ご主人は作り置きだとおっしゃってましたが、ほんのりと温めて出してもらえるのが嬉しいな。僕の好きなちょっと甘めのタイプで、そこに醤油をちょろっとかけるといいつまみになるんだよな〜。

ビールを飲み干したところで、少し離れた位置に小さなお酒メニューがあったことに気がつき、ホッピーをおかわり。取り扱いが「黒」のみとのことで、そちらで。ちなみに「ホッピー」（３５０円）「ナカ」（２５０円）という記載から、てっきりセットで６００円だと思っていたのですが、最後にお会計を聞いて逆算してみたところ、なんとセットで３５０円！　あんまり聞いたことないレベルで安い！　いや〜、幸せです。

「板ワサ」(250円)

「玉子焼き」(300円)

「ホッピー」(350円)

ところで僕、あまり「飲食店でサービスをしてもらった」体験談を書くのが好きじゃないんですよね。どうしても「特別扱いしてもらった」という自慢話のようになるし、別の方が行ったときに同じサービスがあるとも限らないし。だけどもう、出てきてしまったので今回ばかりは素直に書かせてもらいます。

実は常連さんが帰ってしまってしばらくお客が僕ひとりになり、その間、ご主人と少しばかりお話をさせてもらっていました。

「このへん初めてなのですが、今日はいいお店に入れて良かったです」

「ありがとうございます。どちらからいらしたんですか？」

「練馬区のほうで」

「練馬のどちらですか？」

「石神井公園ってところなんですが」

「石神井公園！　懐かしいですねぇ。昔友達が住んでいて、よく遊びに行きましたよ。線路沿いの道を進んでいって……」

なんて。それで多少の親近感を抱いてもらえたのか、はたまた昼間っからぐいぐい飲んでる謎の男をおもしろく感じたのか。「よろしければこれ、召し上がってみてください。うちのスタイルの冷奴なんですけど」と、おつまみを1品サービスしてもらっちゃいました。これがまた、いい！　小ぶりの冷たい豆腐に温かいそばつゆがかけてある「ひやあつ」スタイルで、そこにたっぷりのねぎと天かす。この天かすが市販品のわけもなく、風味抜群。「たぬき奴」は家で頻繁に作るくらい好物なんですが、それの本気版なわけなので、こんなのもう、嬉しくないわけがありません。今日、目当ての店が休みでむしろ良かった。すっかりそんな気持ちになってます。

みずえ流冷奴

のんびりとそれらをいただき、ラストのホッピーナカのおかわりとともに「そろそろおそばもお願いします」とお伝えする。と、出てきたそばにまたびっくり。またまた「ちょっとサービスしときました」と、春菊天に加え、なんと「ちくわ天」と「きんぴら天」までのった超豪華版天ぷらそばがやってきてしまいました……。「若い方を見るとどうしてもね。多すぎたらすみません」なんて優しい言葉をかけてくださいましたが、僕もう43なんですけどね……。やっぱり酒場においては、いつまで経っても若造だ。

だしの風味がばっちり効き、甘さや塩気は過剰すぎない淡麗な味わいのつゆに、するりとのどごしのいい麺があいまった、そば自体がまずうまい。そこに、最初はサクサク、徐々にもろもろと崩れだす天ぷらの油のコクが刻々と加わ

「春菊天そば」(430円) のはずのもの

ってゆく。

ラスト付近の渾然《こんぜん》一体をつまみに黒ホッピーを飲みながら、あぁ、うまいな……これぞ路麺店飲みの真骨頂だよな……なんて、今日の幸運&幸福感にしみじみ浸らせてもらいました。

〈2022年3月18日〉

「もつ焼きばん 高田馬場店」

もつ焼きを おかずに ごはんを食べる

いつものセットで昼飲みを

「サワー」という言葉を生み出したお店として知られる「もつ焼きばん」という名酒場があります。１９５８年に中目黒で創業し、現在は都内に5店舗。それがどこも、なんと午前11時半から夜までの通し営業をしているので、僕の大好きな昼飲みをするのにありがたすぎるんですよね。僕がよく行くのは「高田馬場店」。最近、期間限定で「昼飲みセット」というのを出していて、これがなんと、レモンサワーにおまかせもつ焼きが5本ついて税込み858円という大サービス価格！　こないだもここでね、昼間っからぽーっと飲んでたんですよ。

もつ焼きが来るまでのおつまみとして、ぬか漬けを頼んで、レモン丸々1個ぶんを搾って作るレモンサワーをちびちびと飲みはじめる。この時点でもう幸せ。するとしばらくして、焼きたてのもつ焼きがやってくる。もうそれでじゅうぶんなんですけれども、僕、ここの「レバカツ」もまた大好物で。ひとり飲みにはちょっとおつまみ過多だと思いつつ、どうしても頼んじゃうんですよねぇ。

まずもって、単品でも1本121円とリーズナブルなもつ焼きが、どれも大ぶりでジューシーでものすごくうまい。そしてレバカツ。これが食感から推察するに、スライスしたレバーを繋ぎ合わせてカラッと揚げたであろう、成人男性の手のひらくらいはある巨大さ。そこにさらりとした甘酸っぱいソースがたっぷりと染み込んで、も〜、お酒がすすんでしょうがない。はぁ〜、今日も大満足だなぁ……。

右上が「レバカツ」（308円）

定食もあったんだ！

な〜んて悦に入っていた僕の穏やかな心を突如かき乱したのは、あとから入ってきたサラリーマンふたり組だったのです。お、この時間から昼飲みですか？　同志同志……なんてニヤニヤと横目に存在を感じていたところ、次の瞬間、店員さんに対して衝撃の注文をしたんですよね。

「オレ、『もつ焼き定食』ね」

「あ、オレもそれで」

え？　も、もつ焼き定食!?　そんなものがあるの？　と店内を見回すと、あ、真横の壁に思いっきりあるわ。

ふだん街を歩いていても、まったく興味のないジャンルの店、僕の場合は、たとえば美容院なんか、目の前にあっても視界に入らないものです。その現象、酒場のなかでも起きるんですね〜。あんなにくまなくおつまみメニューを検討し、目ざとく昼飲みセットなんかも発見しておきながら、定食メニューだけがまったく視界に入っていなかった。なぜならば、この店でごはんを食べるという選択肢が、自分になかったから。

青天の霹靂《へきれき》とはこのことです。突然、もつ焼きをおかずにうまそうに白メシをほおばるふたりが、うらやましくてしょうがなくなってきた。自分がなんだか、無粋でみじめな存在に思えてきた。僕は、恥ずかしさから半泣きになりながら、残りのもつ焼きとレバカツを口に押し込み、レモンサワーで慌てて流し込んで、そそくさと店をあとにしたのでした。

そして開拓者となる

数日後のお昼どき、当然僕はもつ焼きばん 高田馬場店にいましたよ。注文はもちろん、もつ焼き定食。ただ、酒に意地汚い僕のことですから、やっぱりそれだけでは帰れません。ホッピーセットももらいましょうね。そうなんです。つまり今日は、もつ焼き定食をつまみに飲んでやろうというわけなんです。それからついうっかり、いつものクセでレバカツも注文。

すぐにホッピーセットとサービスのピーナッツ。それからレバカツが到着。ここまでは完全にいつもやっていることです。が、今日の僕はここからが違う！　しばし後、ついに念願のもつ焼き定食が到着！

おおお〜、なんて新鮮な景色。お盆の上は、もつ焼きが４本に、ごはん、ぬか漬け、ポテサラ、みそ汁。サイドの小鉢も全部つまみになるから、レバカツはやっぱり過多だったな〜。まぁいい。いざ、もつ焼き&ごはんの新大陸へ！

おまかせでお願いしたもつ焼きは、塩の「かしら」「あぶら」、タレの「ガツ」「しろ」かな。

「もつ焼き定食」(680円)

まずはウォーミングアップにみそ汁をズズズとすする。すると一気に脳が食事モードになるから不思議。ところが続いて、おもむろに串焼きを手にとり、肉にかぶりついて串を引き抜くという、いわゆる〝酒場行為〟を敢行。このへんのちぐはぐさがもう、楽しくてたまりません。

で、すかさずホッピーをごくり……ではなくて、今日はなんと、ごはんをはふはふ、のほうなんですよね。旨味がぎゅっと詰まってクセのないかしらや、その名のとおり脂たっぷりのあぶらが白メシに合うのは予想どおり。おもしろかったのはガツやしろで、それぞれのクニュクニュ、しゃきしゃき、ふわふわ、とろとろとした食感と、串焼きならではのタレの味、さらには、ほんのりとあるもつらしいクセがごはんと合わさる新感覚。これがなんとも美味しい。な

未開の地

ぜ今までこの発想にいたらなかったんだろうか。もつ焼き、こんなにもごはんに合うのに！　と、なったところでやっとホッピーをぐい～！　あぁ、こりゃあいいわ……。

なんて、夢中でごはんを半分くらい食べすすめたところで、何者かが僕の脳内に呼びかけます。

「お～い、僕のことも忘れないで～、ここだよ～」

よくよく耳をすませてみたところ、声の主はなんと、食べかけのままお盆の外に追いやられていたレバカツ君！　おっと、ごめんごめん。忘れてたわけじゃないんだけど、つい定食に夢中になっちゃって。……というか、あれ？　もしかしてレバカツもこれ、めちゃくちゃごはんに合うんじゃないの？

それでこう！

そこで慌てて、残っていたレバカツをオンザライス！　みっしりとして食べごたえのあるレバーの旨味と、ザクザクの衣と、たっぷりのソースが、白メシに合わないはずがない！　一般的なカツ丼とも、ソースカツ丼とも違う、新しいカツ丼だ　レバカツ、過多じゃなかった！

自分で自分を大絶賛したくなる美味しさ。もしかして僕、初めてやってきた新大陸で、ものすごい財宝を発見してしまったんじゃないでしょうか……。

〈2022年6月17日〉

いきなり小旅行～千葉編～

なくした財布を受け取りに

お恥ずかしい話なんですが、人生で2度目となる「財布をなくす」という失態をやらかしまして……。

久しぶりに酒場を取材する仕事の帰り道、いつもよりさらにぼーっと、総武線で家へと向かっている途中のことでした。なんらかの用事で電車内で財布を取り出し、しまったカバンのポケットのチャックを中途半端に閉めたかなんだかで、そのまま落としてしまったのでしょうか。

電車を降りてそのことに気づき顔面蒼白となり、ＪＲのサイトで落としものについて調べてみると、最近のサービスの進歩ってすごいですね。「お忘れ物チャット」というのがあって、24時間いつでも、問い合わせたい忘れものの特徴やらなんやらを入力し、探してもらうことができるらしく。そこに情報を入力し、とりあえずクレジットカードだけは止めて、待ってみていると翌日、信じがたいことに「お客様のお忘れ物が見つかりました」というメールが！

届いていたのは、なんと中央・総武線の終点、千葉駅。そこまで誰に拾われることもなく、心優しいどなたか、もしくは駅員さんが見つけてくださったのか。しかも、万が一見つかったとしても、お金はあきらめるしかないよなぁ、せめて免許証や保険証が無事であれば……と思っていたのに、なんと現金までそのまま入っているという。絶望からの希望。なんてありがたいことなんだ。というわけでその日は思いっきり前倒しで仕事をがんばり、その翌日、地元の練馬区から片道約1時間半の千葉駅へと向かったのでした。

午前中から出かけていって、無事財布を受け取ってひと安心。「お忘れ物承り所」のあった西口方面から千葉の街並みを眺めていて気がつきました。あぁ、この、横浜とか横須賀とかの港街とも雰囲気の違う、独特の荒涼とした風景。妙に旅情を感じるなぁ……。あれ？　そういえば今の自分、急にめっちゃ遠出してない？　人生で数えるほどしか来たことのないこの千葉駅に前回やって来たのは確か、愛する駅弁「トンかつ弁当」を買うだけのために訪れた、約1年半前。突然気がついたんですが、これってもはや小旅行じゃないですか。「いきなり小旅行」と名づけてもいい状況かもしれない。なんつったって、こっちには財布がある。急に気持ちのモードが切り替わったぞ。せっかくだからちょっと、千葉の街を旅行気分で散策して帰っちゃおうかな。うんうん、そうしよう！

名物料理をつまみに昼飲みを堪能

あまり土地勘がないのでそのまま駅を出てみると、周辺には数軒の飲食店があるばかり。逆口はまた雰囲気が違うのかもしれないけど、これはこれでいい侘《わび》しさだ。ランチ営業をしている居酒屋の前に千葉県の郷土料理「さんが焼き」ののぼりがはためいていたりして、旅情がぐっと盛り上がります。

ここに入ろうか、それとももう少し散策してみようか。なんて駅周辺をふらついていると、全力でさんが焼きを推している「こっから！」という店を発見。大量ののぼりが景気いいし、看板の「千葉市観光協会認証店」の文字も、いかにもでいいじゃないですか。もっと本気の旅行であれば、意地になってでも地元で古くからやってるような店を探すのかもしれないけど、今日はあくまで〝いきなり小旅行〟ですからね。こういうお店で、あえての観光っぽさを味わうの、ありでしょう。

さっそく店頭のメニューを見てみると、これが思いのほかそそられる。

千葉にいるんだなぁ

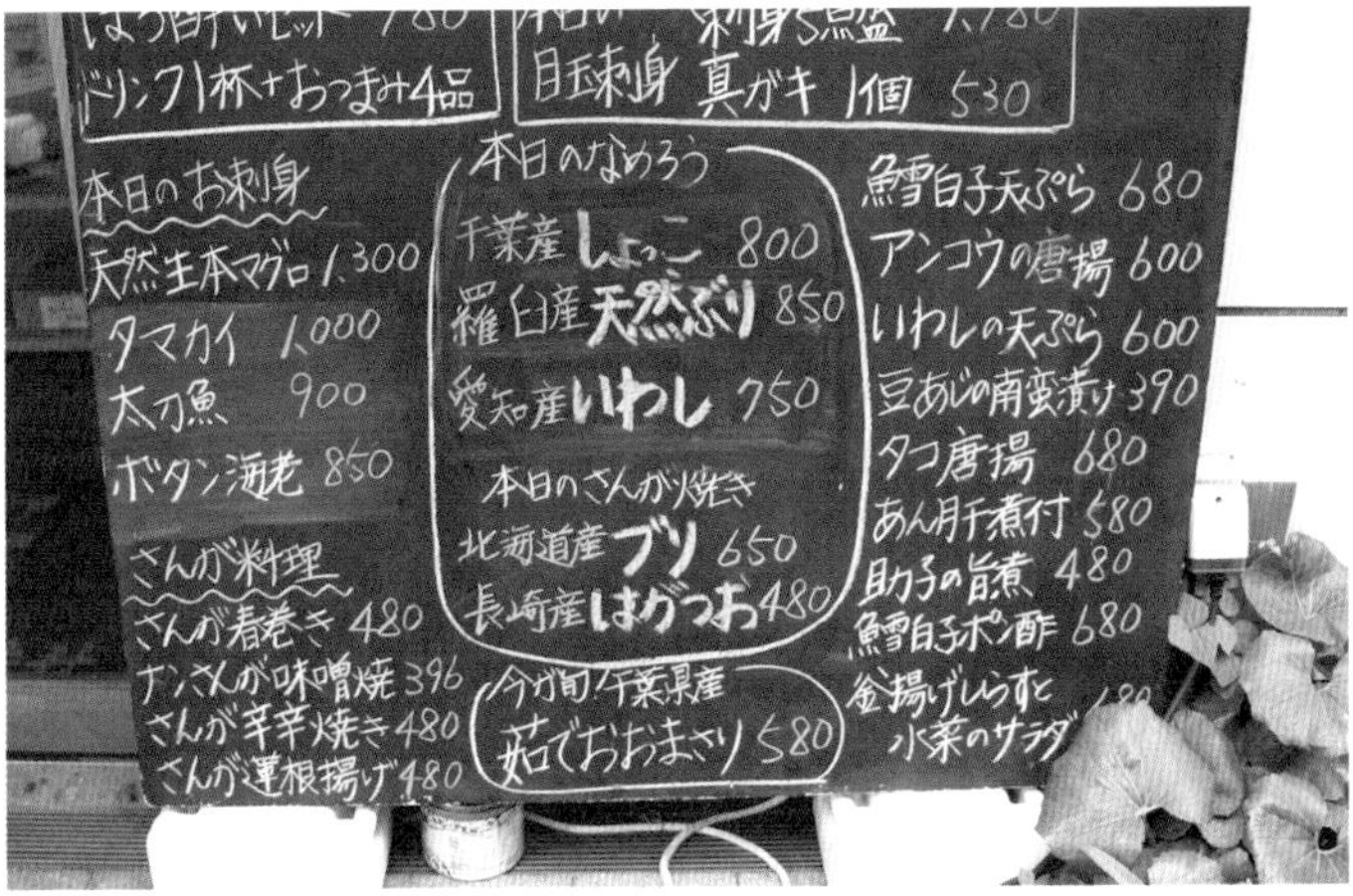

い、いいじゃない

「本日のなめろう」だけで３種類、「本日のさんが焼き」が２種類、その下の「茹でおおまさり」ってなんだ？　わかんないけど気になる〜（検索してみたところ地物の落花生のようで、せっかくだから食べときゃよかった！）。さらに今はランチタイムらしく、４種類のランチセットが提供されているようです。ラインナップはこう。

・本日の日替り
若鶏の唐揚げとお刺身定食
（税込み８５０円）
・アジフライ刺身定食（９８０円）
・こっから御膳（１２５０円）
・さんが刺身定食（１２５０円）

日替わり、安いな〜。近所にあったら通う。

「こっから御膳」（1250円）

けれども、店名のついた「こっから御膳」。これが、刺身3点盛り、天ぷら、さんが焼き、小鉢、香の物、ごはん、お椀、という盛り沢山な内容で、かなりお得かつ初心者向けっぽいですね。この地では僕はおのぼりさんであることだし、今日はそれにしてみっか！　こっから御膳とホッピーセット、お願いします！

　何度も言いますが、なくした財布が見つかったという最高にハッピーな状況のなか、ぐいっ……っか〜！　なんて言いながらホッピーを飲んでいると、もう、幸せすぎますね。そんななか、こっから御膳も到着。

　いやいやいや、おいおいおいおい、え〜？　本当に？　これが全部で1250円？　いや〜、いやいや。ちょっと信じがたいぞ。だってさ、千葉名物のさんが焼き。これが、旅館みたいなあの直火炙りの器で出てきて、加えて天ぷらに、各種小鉢に、大ぶりのあさりたっぷりのおみそ汁に、ごはんに、刺し盛り。でさ、その刺し盛り、メニューには確か「刺身3点盛り」と書いてあったはずなんですけど、皮目が炙られた鯛が2切れ、太刀魚かとみまごうほどにピカピカのいわしが2切れ、海老、ブリ、あとはなんだ、サワラかな？　つまり、あきらかに5点盛りなうえ、

天ぷら

この脂の乗りよ

さんが焼きが焼けた

いかの塩辛までついてるんですよ。ちょっとやりすぎじゃない？　千葉県さん。そんなに優しくされたら、また来ちゃうよ？

　ひとまずさんが焼きをじりじりと炙りつつ、お刺身や小鉢や天ぷらをおかずにごはんをほおばり、ホッピーをぐびぐび。きっと全部が千葉産ってことはないんだろうけど、どう考えてもまず、刺身がうますぎる。これは旅先の味だ。天ぷらの揚げ具合も最高。海老に、なすに、もうひとつ小ぶりなのはなんだ？　と思ったら、黄色いパプリカか。これがシャキッと甘くてまたいいな。

　で、さんが焼き。メニューに2種類あったけど、これはたぶん「はがつお」のほうなのかな？　大葉で巻いてあって、バターが添えられていて、それを目の前で炙る。その時点で優勝じゃないですか。香ばしく焼けたそいつをがぶっとかじると、さんが焼きっていわゆる、なめろうを焼いたような料理ですよね？　その、なめろうのまったりとろりとした感じをイメージして食べるとちょっと面食らうというか、これ、和風魚肉ハンバーグだ。その弾力が心地よく、ひと噛みごとにじゅわっと魚の旨味があふれて、ごはんにもホッピーにも合いすぎる！　おそるべし、こっから！　夜の居酒屋営業時にもまたじっくり来てみたいお店をひとつ、知ることができました。

そして海へ

大満足し、その後は腹ごなしの散歩がてら、せっかくだから海でも見て帰ろうかと「千葉みなと」駅方面へ。これは前回トンかつ弁当を買いに来た時と同じコースですね。

このモノレールの感じが千葉なんだよな

海に向かって歩いていると、前方に気になるタワーを発見。スマホの地図で調べると、どうやら「千葉ポートタワー」という建物らしく、展望室やカフェやおみやげ屋まである観光施設のよう。へ〜！　いいな！　千葉にもタワーがあったんだな。

これはぜひ寄ってみようと、その根元まで行ってみます。ところが、入り口がまったく見当たらず、ただただそこに建っているだけの、まるでモノリスのような塔。運悪く定休日なのかな？　と思ってあきらめて退散したんですが、あとから調べてみたところ、実はこの塔の建っている丘をちょっと下ったところに入り口があるそうで、一部では「入り口がわかりづらい」という評判もあるタワーのよう

「千葉ポートタワー」

です。じゃあ、やってたんだ！　悔しい！　そうとわかれば絶対にまた来たいし、千葉ポートタワーさん、よけいなお世話かもしれませんが、「入り口はこの下」みたいな看板、わかりやすいところに建てておいたほうがいいと思いますよ！

　ただまぁ、せっかくなのでとそのまま海のほうまで行ってみましょうかね。と、たどり着いたのは、なんと砂浜の海岸。

　今朝、目が覚めた時には来ることを想像もしていなかった、突然のビーチ。これはテンション上がります。さらに自分のファインプレイっぷりを褒めたいことに、ここまで来る途中、コンビニで1缶、缶チューハイを買ってあったんですよ。それをここでプシュッと開けて、海を眺めながらのんびりと飲む。その時間の優雅な

いい時間

ことといったら……。この感じ、いきなり小旅行じゃなかったら絶対に味わえていなかったよなぁ。いやぁ、財布もなくしてみるもんだわ。

というわけで海辺で30分ほどぼーっとし、帰路についたわけですが、家に帰ってもまだ夕方。ふり返ってみるとなんだか夢のなかの出来事のような、不思議な1日を過ごさせてもらいました。

みなさんもぜひ財布をなくしましょう！　とはもちろん言いませんが、予定のない休日、突発的にふだん行かない土地に行ってみる、いきなり小旅行、これは本気でおすすめですよ。

〈2022年11月4日〉

第6章

偏愛日和

アイラブカツカレー

カツカレードリーム

林修先生が司会を務めるTV番組『日曜日の初耳学』で、カツカレーが「1＋1が絶対2にならない料理」と評された、というニュース記事を目にしました。

僕はご存じのとおり、「いちばん好きな料理はカツカレー」を公言する者。この連載「つつまし酒」の、記念すべき第1回めのタイトルが「健康診断後のホッピー&カツカレー」だったくらいで、本気も本気です。じゃあ僕が番組に対して憤慨しているかというと、まったくそんなことはありません。林先生の聡明な人柄には好感を持っていますし、例の一発ギャグ（ギャグではないか）「今でしょ！」なんて、いまだに頻繁に使わせてもらってます。その回にゲスト出演されていたという、料理人や作家として活躍されているイナダシュンスケさんのことも大尊敬してます。

そもそも、「1＋1が絶対2にならない料理」という部分には、はっきり言って同感なんです。

たとえば、たまに特別美味しいものを食べたいときに訪れる、僕の大好きなとんかつ屋、大泉学園の「とんかつ多酒多彩　地蔵」へ行って、せっかくの揚げたてロースカツにカレーをかけたいなんて思いませんから。もしくは、滅多にやらないけど、気合を入れて夕ごはんに自分でとんかつを揚げたとする。その揚げたてを「できたよ〜」なんつって食卓に持っていったとたん、妻がおもむろにその上からレトルトカレーでもかけようもんなら、キムタクばりに「ちょ、待てよ！」と言ってしまうに違いありませんから。

それでも僕がカツカレーが大好きであるという事実はゆるぎない。だってカツカレーって、超〜美味しいんだもん！　なんというか、カツカレーって、学食とか何気ない大衆食堂の0・7点くらいのカレーと、0・5点くらいのとんかつを合体させるとあら不思議、その幸福度が2点にも3点にもなってしまうような料理だと思うんですよね。そこにこそドリームがあるというか。

マイカリー食堂のパーフェクトカツカレー

あぁ、そんなことを書いていたら、たまらなくカツカレーが食べたくなってきたぞ！　今日は最近僕がものすご〜く気に入っている「マイカリー食堂」でカツカレー飲みといきますか。

マイカリー食堂とは、近年店舗を増やしている、牛めしの松屋フーズグループのカレー専門店。

かつカレー＆レモンサワー

そもそも僕は松屋のことを「カレー屋」だと思ってるくらい松屋のカレーが好きなんですよね。さらに地元石神井公園のマイカリー食堂は、とんかつ専門の「松のや」が併設されている店舗。つまり、いきなりさっきの持論から外れて、カレーもとんかつもちゃんと「1」な店なんですが、もう点数理論はいいか！　とにかくですね、ここマイカリー食堂のロースかつカレーが、僕にとってあまりにもパーフェクトすぎるんですよ。

　だって、見てくださいこのテーブル上に広がる絶景。ロースかつカレーの、「プレーン」と「欧風」から選べるソースの、プレーンのほうの4辛。しかも並盛が550円で、ごはん少なめを選ぶこともでき、僕は決まって少なめにするんですが、それがなんと530円！　530

円ですよ？　どうかしてません？　さらには大好きな福神漬けもとりほうだい。え？　レモンサワーは５００円くらいするんだろうって？　ははは、いやいや、マイカリー食堂をみくびらないでいただきたい。しっかりと濃度も量もあるこのレモンサワー、１杯２３０円です！　つまり、これだけ頼んでトータル７６０円ということ！　これって、夢？

１＋１は２になるか？

で、ですね、マイカリー食堂のロースかつカレーは、カレーにとんかつが１㎜も触れていないのがまた大絶賛ポイント。全体にどばっとカレーがかけてあるタイプのカツカレーもそりゃあ嫌いではない。だけどその場合、１皿のなかにリズムやストーリーが生み出しにくい。一気《いっき》呵成《かせい》にかっ込むことになる。ところがこのタイプだと、楽しみかたの幅がそりゃあもう何倍にも広がるんです！

ここからは、意地汚い僕のいつものマイカリールーティーンをご紹介していきますね。

ひと切れめは醤油で

まずは第一手。とんかつのひと切れめを醤油でいきます。カレーがかかっていないシンプルな味を楽しむわけですね。サクッと軽快に揚がった柔らかい豚肉。その専門店ならではの美味しさを堪能したら、すかさずレモンサワー。ここでまず、幸福のマイカリータイムが始まったことを実感します。

続いてはカレーライス部分だけを食べる。松屋グループ信頼のカレーの味を、これまたプレーンな状態で楽しんでおきたいから。は～、パンチがあって濃くて、相変わらず攻めた味だな～。レモンサワーごくり。

さて第三手。ふた切れめのとんかつに「特製ソース」いきましょう。ぱくっと食べたら、カレーに触れていない白ごはんもいきましょう。つまり、カツカレーを頼んでおきながら「純粋とんかつ定食味」までもが楽しめてしまうというわけ。レモンサワーごくり！

そうしたらいよいよ、3切れめのかつをどぼんとカレーの海へダイブさせてやりましょう。以降はおのれの欲望に従う

まさかのとんかつ定食味まで

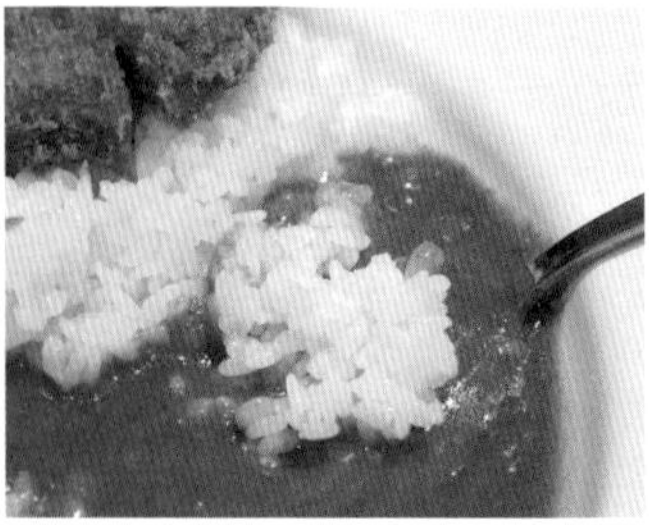

カレー単体でも最高にうまい

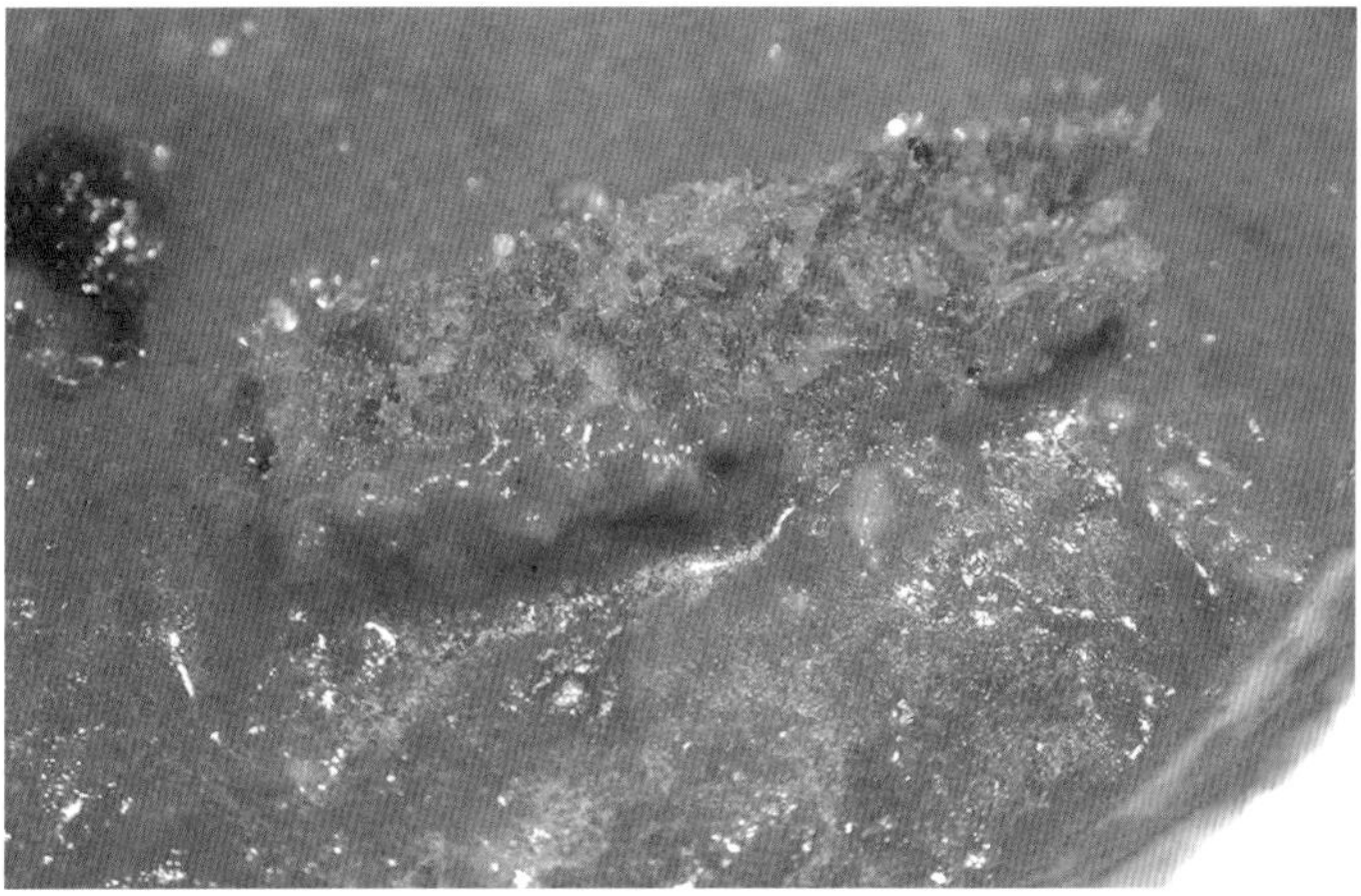

世界の絶景100選に加えたい

のみ。僕の場合はもうソースに戻ったりすることはなく、カツカレーの暴力的な美味しさを全身で楽しみつつ、徐々に福神漬けで味変を加えてゆくというのがパターンですが、戻りたければいつでもソースとんかつにだって戻れますからね。なんて自由なんだ、マイカリー食堂！

専門店のカレーととんかつ、つまり１＋１。最後に、これがはたして2点になっているか問題についての僕の見解を申しあげたいのですが、もはや幸せすぎて、あれこれ考えるのが面倒になってしまいました。このカツカレーに関してはもう、「１００点」ということでいいですか？

〈2021年12月10日〉

ありがとう「ラーメンハウスたなか」

確かにそこに「吉見うどん」はあった

好きな飲食店に関する悲しい知らせが、立て続けに舞い込んだ年末でした。

まずは富士見台の「吉見うどん」。１９６９年創業のご夫婦で営むうどん屋で、いかにも手作りな、不揃いな太さのうどんがなんとも嬉しく、そこに野菜やあぶらあげ、さらにうどんが見えないほど大量のかつお節がのった名物の「吉見うどん」。あのなんとも体が喜ぶ味わいが大好きだったんですが、ある仕事で富士見台在住のカメラマンさんと会った際、建物の解体とともに、年内で閉店してしまうという話を聞きました。

家からものすごく近いわけでもないので、何度かしか行ったことはなかったけど、やっぱり寂しい。そこで12月も年末にさしかかったある日、最後にもう一度だけお昼を食べに行っておきたいと出かけてゆくと、なんと店の前に行列が。いや、めちゃくちゃいいお店ではあるんだけど、かといってそういうタイプの店ではないんですよ、ふだんは。どうやら「営業は年内いっぱいを予定。ただし、粉がなくなってしまったらそこで終了」なのだそうで。

　そこで僕は思いました。自分の付け入る余地はないな、と。その場で行列に並ぶこともできるし、まだ営業するはずの翌日、開店前に行って入り待ちをすることだってできる。けれども、何度かしか行ったことのない自分がその1食を消費してしまったら、もっともっと思い入れのある常連さんがあのうどんを食べられなくなってしまうだろう。ならばここは「吉見うどんがここにあったことを最後にもう一度自分の目で確認できた」だけで良しとしようと。

　その翌日のことです。地元の飲み友達から「この年末で、石神井の『うたた寝』と『ラーメンハウスたなか』が閉店してしまうらしい！」との連絡をもらいました。これはもう、寝耳に水どころか「寝耳に熱々あんかけ」レベルの悲報ですよ。

「うたた寝」というのはこれまたうどん屋で、練馬区にありながらかなり本格的なさぬきうどんが食べられる店。ここの「かしわ天ぶっかけうどん」の満足度たるや驚くべきものだったし、自家製の「甘味噌」か「カラシ味噌」をかけて食べる、1串100円のおでんもたまらなかった。あれを1、2個、鍋から自分でとってきて、ビールを飲みながらうどんを待つ時間の幸せたるや。

が、「うたた寝」もまた、閉店に向けて連日の大行列。両手で数えられるほどしか行ったことないしな……と、そこに加わるのは遠慮することにしました。

ところが、「ラーメンハウスたなか」だけは別！　個人的な思い入れ度の違いというだけですが、ここにだけはどうしても行っておきたい！　というか、たなかがなくなってしまうなんて、僕だけでなく、我が一家にとって考えられない事態なんです！　今からでもいい。嘘だと言ってくれ！

オールドスクールファミリーレストラン

2017年の春に娘が生まれ、2歳くらいになると多少は大人と同じようなものも食べられるようになってきました。そうなると、家族で外食にでも行ってみようかということになる。本当の意味での〝ファミレスの良さ〟に気づいたのはそのころでしたね。文字通り、ファミリーで過ごすための基本設備がすべて備わっている。子供用の椅子はあるし、お子様ランチを頼めばおもちゃがついてくるし、そもそも店員さんもお客さんもみんな、子連れの家族が多少わいわいがやがやしたって、ここはそういう店だからとわかっている。しばらくの間、週末になると必ず家族でファミレスへ訪れていました。

ただ、僕はこういう人間ですから、だんだんと味わいのある個人店にも行きたくなってきます。

多くの方は「どこにでも連れてっちゃえばいいじゃん」と思うのでしょうが、ひとり娘ということもあり、僕も妻も過保護なんですよね。どうしても、夜の酒場なんかに連れて行く気にはまだなれない。そんなときに我々の救世主となってくれたのが、「ラーメンハウスたなか」なんです。

たなかは文字通り、いかにも昔ながらの町中華。ラーメン、チャーハン、定食を中心とする膨大なメニューが基本にあって、餃子やシュウマイの他にも、たとえば「ポテトフライ」とか「アジフライ」とか、なぜか金土日限定の「キャベツメンチ」とか、単品のおつまみも豊富。生ビール、瓶ビール、サワー類に加え、缶ビールと缶ハイボールがあるのもありがたすぎる。

そしてここが重要なポイントなんですが、小上がりの座敷にテーブル席がたくさんあって、子供用の食器類も常備されていて、娘用に「チャーハン、味薄めでお願いできますか？」なんてお願いしても快く応じてくれる。そんな、家族で気がねなく過ごせる〝オールドスクールファミリーレストラン〟な雰囲気が好きすぎたんです。一度試しに訪れて以降、何度通ったことか……。

石神井を代表する優しさとは？

コロナの影響により、ここ1年半ほどの間、家族で外食するということはありませんでした。幼い娘に、家以外でも食事をする楽しさを味わわせてやりたいのにと、勝手にすごく焦ったりもしていました。少しずつ流れが変わり、いざそろそろ外食ができるぞ！　となったところでのこの悲報。突然すぎるんですよ。だってその知らせを聞いたのが、閉店の数日前なんだもん。地元民たちも「え？　そんなに急に!?」って揺れに揺れまくってるんですもん。

　家族も含めた諸々のスケジュールを考えると、僕に残された〝たなかタイムリミット〟はあと2日。とにかく10時半のオープンに合わせ、お店に向かってみよう。すると、数人の行列はできているものの、広い店なので、普通に着席することができました。さてなにを頼もうか。1日目は、ずっと食べてみたいと思っていたけど機会のなかった「五目あんかけ焼きそば」の「揚げ麺」の「塩」にしました。すさまじい盛りの良さに反して、あまりにも穏やかな癒しの味わいに涙がこみあげてくる。

　さて翌日。本当は家族でもう一度来たかったけど、スケジュール的にどうしても無理そうで、今日もひとりカウンターへ。これが本当に最後の最後だ。なにを頼もうか。そりゃ決まってますよ、「チキンカツカレー」に。「カレーライス」が６０５円なのに対し、常時「特別サービス品」と表示のあるチキンカツカレー、なんと６６０円。「石神井を代表する優しさとはなんですか？」と聞かれたら、僕はいつだって「たなかのチキンカツカレー」と答えてきました。いや、正確にはそんな質問はされたことはないので、そう答える心の準備をしてきました。

　その日、僕の目の前に到着したチキンカツカレーは、やっぱりいつものチキンカツカレーで、

ありがとう「ラーメンハウスたなか」

これまた見た目に反して塩気控えめの、だけどきっちりスパイシーなカレーがうまく、カレーソースを全面にかけられてなおサクサク感を保つ、ラード香るチキンカツが頼もしく、米とカツの間にたっぷりと隠された千切りキャベツが優しくて……。

そういえば先月、地元の酉《とり》の市に家族で行った帰り、僕と妻が娘に「久しぶりにたなかに寄って帰ろうか？」と提案した時、娘は疲れてしまっていたのか、「ううん、もうかえりたい」と言い、しかたないから家に帰ったということがあったけど、そうか、今思えばあれが、家族で行ける最後のたなかチャンスだったんだな。

まぁ、そういうこともある。

〈2021年12月31日〉

追憶の「コーンスープラーメン」

「どさん子ラーメン」の思い出

子供のころ、板橋区の大谷口《おおやぐち》で小さな町工場を営んでいた母方の祖父母の家に、家族で車で遊びに行くことがよくありました。

たいていは、いとこたちも集まってみんなで１日中わーわー遊び、大人たちは宴会やら麻雀やら。もはや記憶もおぼろげながら、泊まりのことも日帰りのこともあったような。ひとりっ子の僕にはそれが本当に楽しい時間で、ふと思い出すたびになんともうっとり、そしてちょっぴりセンチメンタルな気分にもなる、大切な思い出です。

当時は車に乗ってるだけなので距離感すらもよくわかっていなかったけど、大谷口から僕の実家のある練馬区の大泉学園までの帰り道は、まずは練馬駅前あたりまで出て、そこから「目白通り」に入ってひたすら西へ、というルートだったと思われます。その途中に「北園」という交差点があり、そこに当時一世を風靡《ふうび》し、一時は１０００店以上にまで店舗を増やしたという札幌みそラーメンチェーン「どさん子ラーメン」があったんですよね。で、祖父母の家からの帰り道、ちょうどお昼や夕飯どきだったりすると、よくそこへ寄っていた。1年前くらいかな、そんなことを突然思い出したのは。

あの味を追って

そこで僕が決まって頼んでいたのが、「コーンスープラーメン」というメニューでした。あれがなんだか妙に好きだったんだよな。子供ゆえ「名物のみそラーメンを食べなきゃ！」みたいな気持ちもないですしね。

あのコーンスープラーメン。どろどろというよりは、コーンスープを塩ラーメンスープで溶いたような、若干サラッとしたスープだった気がする。そこに麺が沈み、上にはコーン多めのミックスベジタブルがのっていたような気がする。他に思い出せる具材がないんだけど、あるかな？そんなシンプルなラーメン。ただ、僕は子供のころからやたらとミックスベジタブルが好きで、今でもよく、ただバター醤油で炒めただけのものを晩酌のつまみにしています。今さら気づいたけど、そのルーツって、あのコーンスープラーメンだったんじゃないだろうか？　そう考えると納得もいくぞ。

そこで今や希少種となってしまったどさん子のなかでも、メニューにコーンスープラーメンのある店舗を検索してみると、僕の家からいちばん近いのが、西武新宿線の「西武柳沢《やぎさわ》」という駅前にあるお店らしい。よし、近いうちに行こう！　と思いつつなんやかや1年ほど経ってしまいまして、先日。久しぶりに新宿線に乗る機会があり、これはチャンスと、念のためもう一度検索してみると、なんと2ヶ月ほど前に閉店してしまったらしい。うおー！　なんてこった！　おれのバカ。いつまでもあると思うな飲食店。これまでに何度同じ失敗をくり返してきたんだよ自分は、まったくもう。

　そして突然の絶望感に襲われます。あれ？　もしかして僕、もう二度とどさん子のコーンスープラーメンを食べることができない？　そんなの悲しすぎる！　ということで執拗《しつよう》にネットで検索してみたところ、江戸川区にある都営地下鉄新宿線の「瑞江」駅からすぐの場所に、コーンスープラーメンを出すどさん子があるらしいことがわかりました。そんなに近所ではないけれど、こりゃあ今すぐにでも行かないと！　いざ瑞江へ！

　はい。以前に（210ページ）瑞江の街で呆然と立ちつくしていたのはそういうわけだったんですね。今日はそのリベンジだ！　事前に電話確認もして準備万端！　瑞江へＧＯ！

この店舗には来たことないはずなのに懐かしい

三十数年ぶりの再会

さて、瑞江駅に到着し、駅ビルの4階へ。駅ビルといっても年季の入った昭和な雰囲気で、そこに違和感なく収まる昔ながらの中華屋といった「どさん子ラーメン」の佇まいがとてもいい。おぉ、今日はやってるぞ！　昼どきをだいぶ過ぎており、先客は常連さんと思しき老夫婦ひと組のみで、とても静かな時間が流れています。細長くL字型になった店内の、いちばん奥のテーブル席に着かせてもらい、さっそく「コーンスープラーメン」を！　といきたいところですが、せっかくですからね。「瓶ビール大」（700円）と、テーブル席にあった小さなおつまみメニューから、「三点盛り」（350円）をまずは注文。

厨房にはこの道何十年かに見える渋いご主人。フロアには女性の店員さん。おふたりともにこにこと親切で、壁には北海道旅行のおみやげに買うようなのれんがかかっていたり、とてもチェーン店とは思えない雰囲気が無性にぐっときますね。

すぐにビールとおつまみがやってきました。これまたなんていうんだろう、うまく説明できないんだけど、それぞれに過剰さが一切ない、どこか昔懐かしい味わい。ほんの少し開いた窓からの心地よい風を感じつつ、それらをつまみながら、ビールをちびちび。あぁ、大人って、本当に楽しいなぁ……。

しばらく待っていると、時間差で頼んでおいたコーンスープラーメンがいよいよ到着しました。再会は三十数年ぶりか。うおお、なんだか小学校の同級生に卒業以来会うような、謎の緊張感がありますね……。

かわいらしい青い丼のなかを覗き込むと、やはり究極にシンプルな構成。黄色いスープに麺、ゆで玉子半分、ほんのり

「三点盛り」（350円）

オリジナルのお皿がかわいすぎる

ひ、久しぶり〜……

と散らしてあるのはパセリかな。そして、ミックスベジタブルでなく、野菜はコーンのみ。う〜ん、自分の記憶が間違ってたのかな？　でも、やっぱり子供のころに食べたコーンスープラーメンにはミックスベジタブルがのっていた気がする。きっと店舗ごとに独自性があるに違いない。居酒屋で言えば「養老乃瀧」みたいな感じで。

　まずはれんげでスープをひと口。あ……うわー！　こ、この味だった気がする！　といっても記憶よりコーンスープ感が強くて、6：4もしくは7：3くらいにも感じるけど、このさらりとした、それでいてまったりとした優しいスープ。子供のころに飲んでいたあの味な気がする！　ズズ……ズズ……と何度も確認しますが、やっぱりそのたびにほんのり懐かしい。なんだ

優しい……懐かしい……

か感動……。

　そして、つるつるむちむちの中華麺。これがまた、ふわぁ〜っと体になじむ感じですごくいいな。はっきり言ってしまえば、いろいろと刺激的な味を覚えて大人になった身としては、決してテンションの上がる味ではないんです。むしろラーメンとしては淡すぎる。なんなら食べて「物足りない」と感じる人だっているかもしれない。もちろん、こちらには他にしっかりこってりなメニューもたくさんあるわけで、自分で選んでいるだけなわけですが。

　ただこれだけは言えます。確実に今の自分に必要な味でした。どさん子のコーンスープラーメン。そしてまた、今後の人生においても定期的に、ここに来て食べないといけない味だと確信しました。いつのまにか心に積もってしまった不純物が洗い流されるというか、初心に立ち帰れるというか。
　いやぁ、来てみて良かった。ありがとうどさん子ラーメン。できれば末永く、この優しきラーメンを提供し続けてくださると嬉しいです。……ってまぁ、そんなラーメンをつまみにビールを飲んでいる時点で、酔っぱらいの戯言《たわごと》なんですけどもね。

〈２０２２年３月25日〉

ネバーエンディングアルミ鍋うどん

秋の訪れ

毎年〝あの風景〟を見ると、秋の訪れを感じざるをえませんよね～。え？　山の紅葉？　はは。違う違う。うろこ雲？　いやいや、違いますって！　あれですよ、あ～れ！　スーパーの棚にずらりと並びだす、「アルミ鍋うどん」！

僕、あの、ひとつ１００円程度の、正方形のアルミ鍋に入った、天ぷらとか、きつねとか、鍋焼きとか、カレーとか、いろいろと味の種類も豊富なうどんシリーズが大好きでして。ところが、春夏にふと「食べたいな」と思っても、なかなか見つからないでしょう。それが、このくらいの季節になると、どこのスーパーでもいっせいに店頭に並びだす。人気なんでしょうね。地元の「ライフ」なんか、専用の棚を作って、あまつさえ「秋の味覚」なんてポップまで添えてある。もう、世間公認なんですよ。アルミ鍋うどんが秋の味覚であることは。つまり僕は、アルミ鍋うどんにこそ秋の到来を感じる人間というわけなんですね。

至高はやっぱり肌寒い朝。ぐつぐつと煮込んで玉子をひとつぽとりと落としたこいつを、鍋から直接はふはふすする。あんな幸せはなかなかないですよ。

ところが数年前のある夜。ふと、アルミ鍋うどんということは、つまり「鍋」でもあるわけだよな。と気づき、食材をあれこれプラスし、いわゆる普通の鍋として食べてみたんです。もちろん、シメはうどんで。するとこれが、ものすご〜くお手軽&楽しい&美味しいと、三拍子揃った最高の一食だったんですよね。以来、季節が到来するたび、こそこそと、アルミ鍋晩酌を楽しんでいるわけですが、今回はその〝こそこそ〟を、恥ずかしながらみなさんに見ていただこうというわけで。

「すき焼風」に敬意を評し

アルミ鍋うどん界では大定番の、麺類商品専門メーカー「五木食品株式会社」。今日はそちらの、「鍋焼すき焼風うどん」を買ってきてみました。うどん単体で食べるときは

五木「鍋焼すき焼風うどん」

どうしても、具の満足感から、天ぷらうどん系を選んでしまいがちなんですが、鍋として楽しむならば、あえてふだん選ばないような味をチョイスしてみるのも楽しいんですよね。

それにしても、いいよな〜この存在感。レコジャケみたいにコレクションして、壁にずらりと飾りたいくらい。あ、それいいじゃん（自分の発言に自分で反応）！　この秋冬の宿題にしよう。各社から出ているアルミ鍋うどんの、全味ジャケコンプリート。

それはそうと、食べよう。内容を確認すると、かやく、液体スープ、うどんという構成。天ぷらやきつねならここにそれらの具材が加わるんですが、かなりシンプルですね。ではいざ、規定量のお湯をはり、かやくとスープを加え、鍋のベースを作ります。お、そういえば初めて食べるかもしれないこの味。いきなりものすご〜くいい香りがするな。和風のだしっぽさだけでなく、なんだろう、動物性の、どこかホルモン鍋を思わせるようなパンチもある。あ、原材料を見ると、「ビーフペースト」なるものが入ってますね。これのせいかもしれない。つまりだ。実際に牛肉は入っていないけれども、せめて味わいで牛肉を感じさせてやれと。そういう心意気なわけですね。いや〜、さすが五木さんだわ。

さぁそうしたら、コンロでぐつぐつと煮込んでいきましょう。あ、煮込むったって、いきなりうどんを、じゃないですからね？　くれぐれも。今日はそうだな、大好きな豆腐。それも「すき焼風」に敬意を評して、焼き豆腐。それから、食材としてはもちろん、旨味要素として、きのこは入れたいところ。エリンギいきましょう。また、今日はスーパーでいいものを発見しちゃったんですよね～。それが、ねぎの葉先、つまり青い部分の、刻んだの。たぶん需要が少ないからでしょう。1袋178円で、ものすご～くたっぷり入ってる！　これをどさどさと追加しながら食べてやろうと思うんです。ね？　いいでしょう。

めっちゃいい香り！

焼き豆腐とエリンギをたっぷりと

準備完了！

さらなる追加食材はまさかの……

よ～しよし、準備は完了。ここまで、いつものクセで長々と語ってきましたけれども、実際には大した手間はかかっておりません。というか、長々語らないと原稿が埋まらないんです。では、これまたすき焼風に敬意を評し、溶いた生玉子も用意して、アルミ鍋うどん晩酌、始めていきましょう！

まずは豆腐から。あ～、やっぱりこの味、いい！ 生玉子をつけても味が薄くならないくらいにパンチがあって、鍋のベースにはばっちりだ。しゃっきしゃきのエリンギもいいし、また、それに絡む刻みねぎがいい。

ぐつぐつと煮立つ鍋からあっつあつの具材を直接とっては食べ、すかさずギンギンの氷入りチューハイを飲む。かつてこの連載で「グラグラ×ギンギン！ 温度差飲み」なんて記事も書きましたが、あれと同じ楽しさがありますね。というか、あれ？ 今その記事を読み返してみたら、ほぼ今と同じことやってるな……。しかも一昨年の、同じ9月に。我ながら、あいかわらずの成長のなさ……。

まぁ、あまり深くは考えず、楽しい晩酌を続けましょう。熱い！ 冷たい！ うまい！ とひとり大さわぎしながら、入れた具材が半分くらいになったところで、いよいよ……え？ うどん

どさどさ～！

を投入？　早い早い！　まだ早いって！　せっかくの鍋なんだから、もうちょっと楽しみましょうよ。

　そうだなぁ、ここでまさかの「牡蠣」なんてどうでしょう？　これをもう、買ってきた1パックぜ～んぶ入れちゃう！　もうこの段階で、うどんの原価の5～6倍は食材に使っちゃってるんじゃないかな。だけど、決してバカなことをしているとは思いません。だってだって、いわゆる〝チープな美味しさ〟とかじゃなく、本気で超美味しいんだもん。そしてまた、牡蠣が加わったことにより、その旨味がただでさえ完成度の高かったスープに加わり、ちょっともう、たまらないことになってますよ。

　では、熱を入れすぎて硬くならないうちに、牡蠣、いっちゃいましょうか！　うお～！　ぷ

これはやばい……

りんぷりんの身を噛みしめると、クリーミーな海の恵みの味が、激うまスープとともに広がる。それから牡蠣の、なんだろうこのありがたい味わい。タウリン？　タウリンの味？　イメージだけで言ってるからたぶん間違ってるんでしょうが、そういうなんか、貝にしか、牡蠣にしかない美味しさがすさまじくて、もう、悶絶もの……。あ～、生きてて良かった！

さ～、あとはもう、自分を解き放つのみ。勢いでいきますよ。すべての旨味を吸い込み、〝超越した存在〟となった豆腐をもぐもぐ。ねぎの絡んだエリンギしゃきしゃき。誰にも遠慮せず牡蠣をぱくぱく。ギンギンのチューハイぐびぐび……。おおよそ具材を食べつくしたら、いよいようどん投入だ！

ふたたび強火でぐつぐつぐつと煮ていけば、

うまいよ、そりゃあさ

ついに本日の最終形態、「牡蠣の旨味たっぷりすき焼き風うどん」の完成！　もちろんこいつを、ずずーっと一気にすすってしまうのではなく、溶き玉子につけながら、ちびちびとつまみにしていきます。

……はぁ〜、アルミ鍋うどんならではの、むちむち、ふわふわとしたコシのない食感。その優しさがあるからこそ、どこまでも染み込むスープの味。至高の料理ですよ、あらためて。魔改造アルミ鍋うどん。

もはやちょっと涙目になりつつ、さらにチューハイを飲んでいて思いつきました。この溶き玉子をさ、鍋に入れてしまったらどうなる？　そりゃあ、玉子とじになる。その味、確認したくない？　したいしたい！

ははは。うまいようまい。うまいに決まって

物語は終わらない……

る。溶き玉子つけ食べも最高だったけど、やっぱり玉子とじってずるいわ。さっき「最終形態」と言いましたが、さらに一段階進化してしまいましたね。「牡蠣の旨味たっぷりすき焼き風かきたまうどん」へと。

いやこれ、まだまだ終わらないな。ネバーエンディングアルミ鍋うどんだな……。

〈2022年9月16日〉

私の「5、6個コレクション」～とっくり形の日本酒瓶～

誰もがひとつふたつは持っている

人に胸を張って自慢できるようなコレクションでもないし、そもそも自分にはコレクター気質がない。けれども、なんとなく好きで、見つけるたびに買っているうち、5、6個くらい同じジャンルのものが家に集まっていた。そんなものって、ないですかね？　以前、それを飲み友達のライター、スズキナオさんと一緒に「5、6個コレクション」と名づけ、とある媒体で記事にしたことがあります。内容は、きっとそういうコレクションを持っているだろうな、という友人知人に、「なにかないですか？」と聞いて、オンラインで実際に見せてもらうというもの。するとやっぱり、みんなそれぞれに持っているんですよね。5、6個コレクションを。

ライターの泡☆盛子さんなら、晩酌のときに使う「お膳」。編集者の大久保潤さんなら「広島

こいつらなんですが

東洋カープ関連のレコード」や「トートバッグ」など。編集者の高田真莉絵さんなら「ダサかわくつした」。ナオさんがリーダーをつとめるバンド「チミドロ」のメンバー、ハナイさんなら「捨てられないTシャツ」といった具合に。みんな最初は「いや〜、人に見せるようなもんじゃないですよ……？」なんてテンションなんだけど、話しだすとすごく嬉しそうな顔になる。やっぱり、好きなものの話をしているときって、誰しも、なんだかんだ幸せなんですよね。

　ところでもちろん、僕にもいくつかの5、6個コレクションがあり、なかでも真っ先に思い浮かぶのが「とっくり形の日本酒瓶」。今日はちょっと、それを紹介させてもらってもいいでしょうか？　まぁ、ダメと言われても勝手にしゃべりはじめるんですが。

「櫻正宗」

一度見つけてしまうと気になるように

そもそも写真を見てもらえるとわかるとおり、長年かけて少しずつ増えてきていて、すでに5、6個コレクションの枠を超えて12本あるんですが、まぁあんまり厳密に考える話でもないのでいいでしょう。

きっかけは、櫻正宗でした。

数年前、出かけた先でふらりと入った酒屋の棚で、こいつに出会ったんです。まずこの、ころんとしたフォルムが愛らしく、そしてやっぱり、瓶のデザインですよね。レトロなんだけれどもモダンさもあり、かわいくてたまらない。これ、絶対に欲しい！　と、1本買って帰ったわけなんですね。

「白老」「日置桜」「沢の鶴」

それからというもの、街で酒屋を見つけると同様の日本酒がないか、なんとなく探すようになりました。するとたま～に見つかるんですよね。似たような規格の瓶の酒が。

王道であり花形であるのは、写真のタイプ。先ほどの櫻正宗とも同じで、透明の瓶に赤と白、2色を使ってデザインされたものですね。

白老のシンプルさや、日置桜の華やかさも素晴らしいし、沢の鶴の、ほんの少しだけ瓶のフォルムが違う感じも、5、6個コレクター心をくすぐるんだよな～。

もちろん赤白のものだけではありません。千代八千代の白一色という潔さや、藤娘の名前どおり小粋な感じもいいでしょう。珍しいのは瀬戸内ネコの散歩道で、こちら、広島県の蔵元「酔心山根本店」と、なんと「カルディコーヒ

「千代八千代」「藤娘」「瀬戸内ネコの散歩道」

「純平」「酔鯨」「司牡丹」「華燭」

ーファーム」とのオリジナルコラボ商品。まさかこの瓶に目をつけてくるとは、カルディさん、さすがっす！

緑色の瓶のものもけっこうあります。白いインクが暗い緑に映えて、どれもいいでしょう？

家飲みでも、あえてひと手間

このガラスとっくりについては、僕の尊敬する居酒屋研究家、太田和彦先生も、畏《おそ》れ多いことにイベントで対談させてもらった際に、「いいものである」と語られていました。いわく「家で酒をお燗するとき、なかが見えるのがいい」と。そこでとっさにスマホで僕のコレクション写真をお見せすると、「いい趣味だねぇ」とひと言。嬉しかったですね〜。ちなみに太田先生、もちろん冗談ですが、続けて「ひとつ５０００円でオレに譲らない？」と、またひと言。その時は「いや〜……」なんて笑っていたものの、太田先生、もし本気ならば、喜んでぜ〜んぶお譲りしますので！「いくら金を積まれたって、私のコレクションを他人に譲るわけにはいかない！」なんてテンションでは集めていないのもまた、５、６個コレクションの特徴ですからね。

さて、最後にこのなかで、僕がもっともお気に入りの１本をご紹介させてください。

大衆酒場ファンには「キンミヤ焼酎」でおなじみの「宮崎本店」が作る日本酒、宮の雪。キン

「宮の雪」

ミヤ焼酎のラベルデザインが素晴らしいことは誰もが知るところですが、この宮の雪の瓶もめちゃくちゃ良くないですか!?　筆で書かれたような宮の雪の文字。その角度に合わせるように鳥居が描かれ、上には雪が積もっている。こんなにもシンプルな線でありながら、心のなかに情景が広がって、しんしんと降る雪の冷たさまでをも想像してしまうような。

もちろん、これで日本酒をお燗するのも最高なんですが、僕の場合、他にも好きな使いかたがあります。たとえば時間に余裕のある休日。早めの夕方から飲みはじめてしまおうか、しかもいつもよりちょっぴりていねいに手間をかけて。なんてときに、まずは駅前の酒屋へ行ってホッピーを買ってきましょう。ストックが切れていればキンミヤ焼酎も買ってきましょう。

今日は業務用のホッピーが手に入らなかったのが残念ですが

で、軽めのちょっとしたつまみを用意して、そうだな、缶詰のいわし蒲焼きでいいか。ミル挽きの実山椒をたっぷりかければ、上等上等。さぁこれをつまみにホッピーで一杯！　といきたいわけですが、ここでひと手間。宮の雪の瓶にいったん、キンミヤ焼酎をわざわざ移すんですよね。つまり、自宅でありながらきちんと「ホッピーセット一式」を用意する。で、ゆっくりゆっくりと、それを割りながら飲むというわけ。

もちろん、毎日の晩酌でこんなめんどうなことはしてられませんよ。だけど、たまにやるからこそ、これが実にいい。自分で焼酎とホッピーをグラスに配合しつつ、「この店のナカ、濃いね～」なんて言いながら。

〈2022年10月7日〉

第7章

秘密基地日和

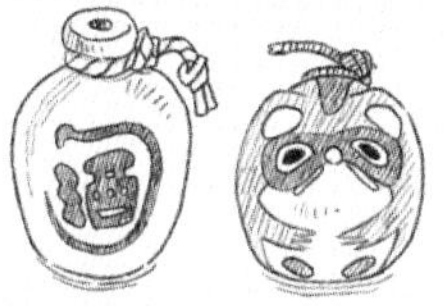

自分だけの秘密基地が欲しい

最初の仕事場

２０１９年３月、いろいろなタイミングや環境の変化が重なり、僕はそれまで長年勤めていた会社を辞め、フリーライターとして独立しました。

ちょうど40歳の時で、子供はまだ2歳。働く環境をがらりと変えるとか、ましてや「酒一本で生きていく」という、人生の暴挙とも言える行動に出るなんて、普通に考えたら思いとどまるべきことでしょう。ただ、僕はこれまでもずっと、興味のおもむくまま、流れに流されて生きてきた人間。どうしてもそれに抗い、ぐっとその場にとどまるということができなかった。幸い、妻も応援してくれました。「本当にやっていけるんだろうか？」。当初からあった不安は今もなくなっていませんが、それでも家族全員、なんとかひもじい思いをすることもなく生活できているのは、今まさにこの文章を読んでくださっているみなさんのおかげに他ならないと、心から感謝しています。

ところでそのころ、地元石神井公園に、これまでに僕の本を複数冊出してくれている「スタンド・ブックス」という出版社がありました。今は別の場所に移転してしまったのですが、当時の事務所は、築50年の平家の古民家をリノベーションした小さな建物。実は打ち合わせなどで訪れるたび、こんなところで仕事ができたらいいなぁと憧れていたんですよね。そこで独立する際、思いきって代表の森山さんに相談してみたところ、「ちょうど空いているデスクがあるので、ぜひ使ってください」と言ってもらえ、ものすご〜く破格のお家賃で、仕事場として自由に使わせてもらえることになったんです。これは本当に運が良かったし、ありがたかった。

　その仕事場は快適で、どこか遊び場のようでもあり、たくさんの思い出が詰まった場所なわけですが、独立して3年ほど経ったある日、ふと思ったんです。「新しく個人の仕事場を借りてみるのもいいかもな」と。

「スタンド・ブックス」時代のデスク

一歩踏み出せ自分！

理由としては、やっぱりコロナが大きかったのかな。よーし、やるぞー！　と独立したちょうど1年後に、日本が本格的なコロナ禍に突入し、突然、僕の仕事のなかでもっとも大きな比率を占めていた「酒場取材」ができなくなってしまった。それでもいろいろな編集者さんが、「こんな時代だからこそ、生活に楽しみや希望を持てる発信をしたい」と、僕に仕事をくれました。それから2年間は、ひたすらに「どう家飲みを楽しむか？」みたいな記事を書いていた気がして、それは、本書の元となった連載「つつまし酒」にも、克明に記録されています。

とにかくそんな日々が続くと、どうしても生活に閉塞感、マンネリ感が出てきて、環境を変えてみるのもありかな？　という気持ちが出てくる。また、森山さんから、「そんなに早急な話ではないけれど、いずれ事務所を移転することも考えてるんですよね」という話を聞いていたことも頭の片隅にありました。

十数年前、妻とふたり暮らしをするため、初めて実家を出た僕。実家が東京都練馬区にあって、大学や就職した会社に通うのに不便がなかったこともあり、それまで「ひとり暮らしの部屋」や「ひとりの仕事場」という場所を持ったことがありませんでした。ぜいたくで、分不相応な気はする。けれども人生において一度くらい、そんな場所を持ってみてもいいんじゃないだろうか？

そしたらこう、気分一新、また新たな気持ちで仕事に取り組め、新しいアイデアも湧いてくるんじゃないだろうか？

そこで「まぁ、試しに」と物件サイトに条件を入力し、ずらりと並ぶ情報を眺めてみると、ま～夢の広がること！　ここもいいじゃん！　ここもいいじゃん！　って感じで、次々気になる部屋が見つかるんですよ。また、僕の住むエリアは東京23区のなかでも西の外れであり、さらに、家から通えるならば駅からはそんなに近くなくてもいいことを考えると、「こんなに安いの!?」という部屋も珍しくない。

とはいえ、慣れ親しんだ環境を自ら変えるのって、謎の恐怖感と、けっこうな勇気をともなうもの。しばらくはサイトを眺めてもじもじしているだけだったのですが、とある妙に早く目が覚めてしまった朝、ふとんのなかでスマホを眺めつつ、妙な勢いにまかせて、「一歩踏み出せ自分！　見せてもらうだけならタダだし！」と、「内見を申し込む」ボタンを押してしまったのでした。

部屋探し、それは縁

その後、まぁまぁの紆余曲折がありました。

最初に気になる物件3軒を案内してくれたのは、地元の不動産会社「A社」の若い女性社員、Kさん。ものすごく親切な仕事ぶりではあるものの、口癖が「安い部屋には安いなりの理由があるんですよね」。実際、見せてもらった物件は、身長170㎝弱の自分の頭が、軽くジャンプしたらぶつかってしまいそうなほどに天井が低かったり、窓から手の届きそうな位置に隣のビルが建っていて、信じられないくらい薄暗かったり。

きわめつきは、誰がどう住めばこうなるんだ？　っていう、廃墟のような荒れっぷりがそのまだった部屋。ドアを開ける直前、「ここの家賃がお安い理由は、リフォームがまったくされていないからなんです。驚かないでくださいね？」と念を押され、内心「いやいや、そのくらいのことで驚かないでしょ」と思いつつ、開けられたドアから部屋のなかを覗いた瞬間、「え……」と言ったきり、しばらく完全にフリーズしてしまいました。もう、床は屋外よりも汚く、いたるところの壁紙がビリビリで、部屋じゅうの設備も、なにかの暴動があったんじゃないか？　ってくらい、どこもかしこもボロボロのガタガタ。一体、誰がどう住んだらこうなるんだろう……。

僕、その経験に、精神的にくらってしまったというか、それから数日間、目に見えて体調が悪かったほどなんです。

当然、しばらくは「こんな予算で快適な個人の仕事場を見つけたいなんて、無謀だったのかな……」とあきらめムードでいました。けれども半月ほど経って、やっぱりもう一度だけ！　と別の「B社」に相談してみると、いや、どんな仕事にも、才能が飛び抜けている人っているもんですね。担当の、同世代と思われる男性、Mさんが、頼りになりまくりだったんです。

Mさんは、「お部屋探しは、縁。きっと見つかりますよ！」という力強い言葉に始まり、気になる物件ひとつひとつのメリットデメリットをていねいに説明しながら、部屋探しを手伝ってくれました。仕事なので当然といえば当然なんですが、本気で僕のために親身になってくれていると思わせられるようなその姿勢は、見習うところだらけ。

たとえば印象的だったのが、「ここ、ちょっと気になります」と言ったある部屋に対し、一瞬「ん？」という表情になったあと、すぐに担当の関係会社の方に電話をして事情を確認し、僕にしてくれた説明。「このお部屋、デメリットが2点ほどあります。まず、構造上ベランダにカビが発生しやすい。次に、ここだけのお話なんですが……外観写真の右下に見えるこのお部屋ありますよね？　ここの住人さまがいわゆる、ゴミ屋敷的な使いかたをされています。なので周囲のお部屋にも、その不衛生さの影響がある可能性があります」。不動産屋さんって、お客に部屋を貸すのが仕事ですよね。なのに、言ってしまえば「おすすめできかねます」と、きちんとアドバイスをしてくれることがあるんだと。先のA社での経験もあり、けっこう驚いてしまって。

そんなこんなでたくさんの物件を検討し、「ここはなんの問題もなさそうですね。いいと思います！」という1軒を見に行ってみると、もうドンピシャ！　6畳ひと間プラスロフトという最小限の間取りではあるものの、築年数から考えるとものすごく内装がきれいで、偶然角部屋が空いていて2面採光。エアコンや備えつけの冷蔵庫があるのもありがたく、そして小さな部屋にしては収納が多い。家から歩いて行ける距離で、知り合いの誰に話しても信じてもらえないほど家賃がお手頃。

まさかこんな奇跡のような部屋があるなんて！　と、テンションが上がりまくり、これまでの流れを思い出して、なんならちょっと泣きそうにすらなってしまいました。そんな僕を見て、Mさんはひと言。

「ね？　お部屋って、縁なんですよ」

内見時の写真

初めての仕事場飲み

なんだか夢のなかにいるよう

そんな経緯で、２０２２年の6月末、ついに生まれて初めての自分だけの仕事場を持つことになった僕。今はまだ、ただただ四角い、真っ白な空間。これからこの部屋に、自分の好きなように家具を配置し、仕事道具を持ち込み、そしてまた、仕事の合間に昼寝ができるよう、簡易的寝具を持ち込み、自由に、ひたすら自由に使っていいんだ！　この興奮は独特なものがありますね。進学や就職のために初めてひとり暮らしをする若者って、みんなこういう気持ちを味わっていたのか！　それを、43歳にして初めて知るという。

で、まず初めにやったことは、なにはともあれカーテンの設置。当面、日中のみの使用で泊まり込みの予定はないので、取り急ぎレースのカーテンだけでいいか。と、窓の幅を測り、最寄りのニトリへ行って、手頃なものを買ってくる。いそいそと取り付ける。またここ、よく光が入る部屋なんですよね。その光がずいぶんと柔らかくなって、ふわりと部屋全体を照らし、たったそれだけのことで快適度がものすごく上がったことに大感動。窓をほんの少し開けて風を通すと、どうやら近くに保育園があるようで、子供たちの元気な歌声がかすかに聞こえてくる。なんだか夢のなかにいるようだな……って、6畳ワンルームで大げさだろって話なんですが。

「龍正軒」のテーブル

続いてやることは、最低限の生活用品と、仕事ができる環境を整えること。

ティッシュなどの消耗品や食器類を揃え、仕事に不可欠なネット回線（なんとこの物件、ネットが無料！）をひいて、本棚代わりに安く手に入れた中古の「りんご箱」に、資料用＆くじけそうになったときに眺めて勇気を出すために、自分のこれまでの著書を並べて。まるで、藤岡みなみさんの名著『ふやすミニマリスト 1日1つだけモノを増やす生活を100日間してわかった100のこと』を地でいく生活がリアルに体験できるという貴重な機会。楽しくない

自分の本コーナー

冗談みたいな空間

わけがありません。

　ありがたいことに、旧仕事場であるスタンド・ブックスの森山さんからは、まだ移動できていない荷物に関して、「しばらくは置いておいても大丈夫ですよ」と言ってもらっていました。そこから最初に運び込んだのは、もちろん仕事用のＰＣ一式。それから、残念ながら２０２１年に閉店してしまった「龍正軒」という、大好きだった地元の中華屋がありまして、閉店の際、ご主人から、実際にお店で50年も使われていたテーブルと椅子のセットをひとつ譲り受けていたんですね。いわゆる町中華によくある、四角くて真っ赤なテーブル。サイズもぴったりだし、それを仕事机にすることがそもそもおもしろい気がして、まだほぼなにもない空間に設置。するとなんだかその光景が、もはや夢のなかを通り越して「あの世」みたいで、あらためて、この部屋を借りられて良かったなぁと。こんな冗談みたいな空間で、これから仕事ができるなんて！

記念すべき初つまみは

さて、それからもうひとつ、早めにやっておくべきこと。忘れてはならない儀式がありますよね。そう、「初めての仕事場飲み」。

というわけで、生活必需品も揃い、早めの夕方に仕事がひと段落したある日。記念すべきひとり飲みを、いざこそこそと遂行していこうと思います。

メニューはなににしようか？　と考えた時、真っ先に思い浮かんだ一品がありました。僕の若かりし時代のバイブル、椎名誠さんの自伝的青春物語『哀愁の町に霧が降るのだ』に、6畳のボロアパートで、椎名さんを含む男4人が共同生活を始めるシーンがあります。そこで炊事担当に任命されたイラストレーターの沢野ひとしさん。自由に料理を作れることになった嬉しさから、「あれもこれも作っていいの!?」とテンションを上げる場面が良すぎるんですが、そのなかに出てきた「コロッケ丼」の描写が特にたまらないんですよね。

「あれ、おいしいもんね。葱をザクッザクッと切って甘からーい醤油味でさっと煮て、そこにコロッケをどおーん、と三個もいれちゃう」

「三個も！」

「そっ！」

「すごい！」

「それで葱とコロッケがやわらかくなってきたところに玉子ね。玉子をとろとろっと落として玉子とじふうにしちゃう」

「うんうん」

「それを素早くドンブリのあつあつゴハンの上に乗っけてハイできあがり！」

「うまそー」


——椎名誠『哀愁の町に霧が降るのだ（上）』新潮文庫

久しぶりに読み返したけど、あらためてたまんないな……。よし、初めての仕事場飲みのつまみはあれしかない！　それのごはん抜き、つまり「コロッケ丼のアタマ」だ！

コロッケ３個は、なんとタイミングのいいことに、「ローソンストア１００」で20円引きで発見。それから玉ねぎ１／４個と卵２個に、めんつゆ。それらを、持ってきてあったアウトドア用

準備完了

のナイフ、１００均のまな板、唯一ある雪平鍋、カセットコンロを使って調理していきます。いろいろと不便はあるけれど、それもまた楽しい。

　なにしろ簡単な料理ですからね。あっという間に完成し、ちょうど松屋でもらって余っていたパックの紅しょうがをのせたら準備完了。ではでは、いただきま～す！

　小粋な食器などはまだないので、食べるのは鍋から直接。とろっと甘辛い玉子に包まれた、優しい味のコロッケ、そこに衣の香ばしい油感と、紅しょうがのアクセントが加わり、そりゃあ当然、チューハイがすすんじゃいますよ。

　決してぜいたくな料理じゃないけど、しみじみとうまいな。小さな自分だけの城で食べるコロッケの玉子とじと、缶チューハイ。人生に迷ったら、またこの味を思い出すことにしよう。

仕事場ビルド

こだわりのコーヒーメーカー？

新しくまっさらな部屋を前にすれば、誰しもが思うのではないでしょうか？　なるべくものを増やさず、極力生活感のない空間で、ていねいでシンプルな暮らしをしたい、と。

当然、僕もそうでした。真っ白い部屋にあるのは、テーブルと椅子と仕事用のＰＣ。それから最低限の生活必需品。シンプルなＢｌｕｅｔｏｏｔｈスピーカーと、壁にはお気に入りの絵を１枚だけ。それから嗜好品として、これだけは特別に、こだわりのコーヒーメーカーを１台。そんな空間で快適に仕事をし、ふと行き詰まったらコーヒーを入れ、音楽を聴きながらひと息ついて、小さく「よし」なんつって、また仕事に戻る。そんな日々を夢見ていましたよ。そりゃあ。

けれども当然、僕にそんな生活が送れるわけがありません。そもそもこの本をここまで読んでくださったみなさんならご存じですよね？　ふだんから日々、必ずしも日常生活に必要ではないキッチングッズを買っては、それを使ってひたすら晩酌をしてるんですもん。どれも気に入っているけど、たまにしか使わないそれらが、どんどんたまっていく。また、小さな冷蔵庫はあっという間に、本当に愛しているほうの嗜好品、つまり酒。タカラ「焼酎ハイボール」で満杯に。早々にあきらめました。シンプルライフ計画は。よく考えたら自分、日常的にコーヒーを淹れて飲む習慣とかなかったわ。

こっちだったわ

ビルドの説

そこで方針を転換し、この仕事場は、とにかく自分の好きなものだけしか置かない空間にしよう！　と決めました。どれだけ雑然としていても、足の踏み場もないような散らかりかたをしてなければいいや、と。対する自宅って、どうしても細々とした生活用品が増えていきますよね。例えばクローゼットやたんすには、季節外の服やふとん類なんかをしまっておかなければいけない。けれども仕事場の収納はその必要がない。ゆえに、クローゼットのコートかけに、家飲みやアウトドアグッズをぶら下げて収納しておく

クローゼットの使いかた

こともできる。これはこれで、秘密基地のようで楽しいんですよね。

ところで、大好きな漫画家で、古い友達でもある、香山哲先生という方がいます。香山さんの作品のなかに『ビルドの説』という漫画があり、WEBサイトで無料で読めるので、ご興味があればぜひ読んでみてください。どんなテーマの作品かというと、ずばり「自分の快適や充実を、無い場所に作りだすこと」。本編は、香山さんの海外での生活の話が主になるのですが、作品の大前提パートにこんな記述があります。

〈新しいアパートに引っ越してきて、必需品とかを買い足したりしていってそこに無かったはずの自分の快適が新しく発生するのが好きなんだ〉
〈そういうのを組み上げていくことを、「ビルド」とよびます〉

これ、今まさに僕がやろうとしていることだし、もっとありふれたパターンで言えば、公園のなかに快適そうなベンチを見つけてそこでひと休みしたり、アウトドア用の椅子を屋外に持ち出して、好きな場所に座って過ごす「チェアリング」なんかもまさにそう。ビルドですよね。

さすが香山さん。素晴らしい概念だなぁと共感するばかりなので、僕もこの空間を快適に作り上げてゆくことを「仕事場ビルド」と呼び、終わりのないその作業を楽しむことに決めました。

便利な「りんご箱」

まず収納のメインにしたのは、前にも書いた「りんご箱」。その名のとおり農家さんがりんごを出荷するときに使う木箱で、使用済みのものがネットなどで探すと安く手に入るんです。僕はそれをひとつ約1000円で、4つ購入。これ、シンプルな四角い箱だけあって、横に置いても縦に置いても、並べて置いても重ねて置いても、自由に組み合わせて本棚や食器棚のように使える。本来の用途で使われたあとなので、傷や汚れがあったり、直接マジックでメモが書かれていたりもするんですが、それもまた味わいがあるということで、インテリアやDIY好きの方には実は有名。アンティークショップなどの商品棚に使われることも多い、すぐれものなんです。唯一の注意点は、本来そのために作られたものではないので、使用されている木にとげやささくれ

ＴＶボード

がある場合もあること。つまり、お子さんのいる家庭などには不向きという点ですね。

　これがあまりに便利で、その後さらにふたつを追加購入して、現在は計６つ。うちの３つは出窓の下の壁際に並べてＴＶボード代わりに使い、残り３つは逆側の壁に３段積みにして、大量にある食器用の棚として使っています。

　どんどん増えるおもちゃ、もといキッチングッズ、もとい仕事道具は、１００均で買ってきたワイヤーボードと結束バンドを組み合わせて棚を作り、クローゼットに収納。強度が足りずたわんでいますが、割れものを入れているわけでもなし、まぁ大丈夫でしょう。

　小さなユニットバスは、基本的にトイレしか使わないので、浴槽はこれまたたくさん持っているアウトドアチェアの収納スペースに。

古い歌謡曲のレコードをこれで聴くだけで、回復する感あり

予想以上に広かったロフトは、当初はこちらも秘密基地風に使いたかったんですが、酔っぱらってうたた寝して落っこちでもしたら洒落にならないので、自宅のものも含めて、ふだん使わないあれこれをとりあえず置いておく倉庫として、予想以上に重宝しています。

その他最近は、実家から持ってきたコロムビアのポータブルレコードプレーヤーとレコード、友達から譲り受けたミニコンポ、自宅で役目を終えたちゃぶ台、大人数用のホットプレート鍋、「味わい集め」と称して趣味で集めた民芸品の数々、「駄骨董」と称して趣味で集めた酒器や食器の数々などが運び込まれ、もはや当初のすっきり感は見る影もないカオス状態に。それでもやっぱり、ぐるりと見渡す限り好きなものしかない空間は、自分にとって快適なのでした。

つつましルームツアー

龍正軒のテーブルを中心に

さて、そんな仕事場を持つことができ、今この原稿を書いている段階で、ちょうど丸1年が経ちました。結果、現在の仕事場はどのような状況になっているのか。ここで、近年SNSやYouTubeなどで流行中だという「ルームツアー」風味に、ご紹介してみようと思います。

まず、我が仕事場のシンボルであり、これを基本に部屋作りがされていると言っても過言ではないのが、「龍正軒」のテーブルセット。もちろん現役で使っておりまして、ふだんは仕事机に、珍しく来客があれば応接セットに、酒やつまみの写真が撮りたいときは撮影場所に、そして仕事後のほっとひと息、晩酌スペースにと、大活躍しております。

仕事中は壁に寄せ、横に置いたラックの最上段にしまったPC、Mac miniからケーブルで繋れたモニターやキーボード類を配置。見上げる壁には、数年前に個展で思い切って買った、漫画家、スケラッコさんの手描きイラスト、以前出版させてもらった僕の本『ノスタルジーはス

仕事場のメインテーブル

快適なデスク周り

好きなものしかない視界

普段のセッティング

仕事→晩酌へ、一瞬でモードチェンジ可能

龍正軒で使われていた食器たち

板をのせるだけでモダンなテーブルに

ーパーマーケットの2階にある』の表紙用に、ボブa．k．aえんちゃんさんに描き下ろしてもらったイラストのポストカードを額装したもの、そのときどきの気分のレコードなどをディスプレイ。これがもう、めっちゃくちゃ快適に仕事に集中できる空間で、この席に座るたびに「ありがたいなぁ……」としみじみしてしまいます。

　机の上には極力必要なもの以外は置かないようにしていて、モニターやキーボード類は10秒で隣のラックの上に移設可能。テーブルは軽いので気軽に移動ができ、仕事で必要な酒とつまみの撮影などもずいぶんとやりやすくなりました。

　ちなみに、龍正軒から譲り受けたものはテーブルセットだけでなく、ご主人の「好きに持っていっていいよ」のお言葉に甘え、皿やらグラスやら、本当に好きなだけ頂いてしまいました。地元の友達を中心に、欲しいという人にちょこちょことお分けしたりしているものの、まだまだ、写真のように机にのるだけでも半分くらい。さすがに個人で保持するには多すぎるんですが、今後一体どうしようかな……。

また、ホームセンターでちょうどいい大きさにカットしてもらった天然木の板があり、これをテーブルにのせれば、またたくまにウッドテーブルへと早変わり。毎回毎回、レシピや晩酌の記事の背景が真っ赤なテーブルというわけにもいかないので、これまた重宝しています。

そうそう、この本の前章で紹介した「とっくり形の日本酒瓶」も、出先で見つけたりすると必ず買って、少しずつではあるけれど増えています。なかでもお宝なのが、ある酒飲みの先輩の家へおじゃました時にいただいてしまった、珍しいリアルなとっくり形の「白《はく》鷹《たか》」の瓶。これ、買ってから15年も戸棚にしまいこまれていたという、「東京大神宮」のお神酒《みき》だったお酒だそうなんです。実際に中身も飲ませてもらったんですが、ヒネたりしていることもなく美味しく飲め、その味も含めて忘れがたい思い出の1本。

ふたつの収納スペース

服をしまっておく必要のないクローゼットは、全面的に

リアルなとっくり形がかわいい

秘密基地っぽさが気に入っている収納

晩酌グッズ置き場として利用。最初に100均の材料で作った棚の横のスペースがもったいないなとちょうどいい収納用具を探していたところ、「じゃが玉ストッカー」という、その名のとおり本来はじゃがいもや玉ねぎをストックしておくためのスタッキングできるボックスがシンデレラフィット！　これ、ビールジョッキやチューハイグラスが収まる高さで、大量にあるグラス類のしまい場所としてはこの上なくちょうどいいんですよね。

そんなじゃが玉ストッカーに保管されているのが、本邦初公開の僕のもうひとつの5、6個コレクション、「チューハイグラス」たち。いわゆる、酒場でチューハイ、サワー類を頼むと出てくることが多い大きめのグラスで、「ご自由にお持ちください」や、惜しくも閉店してしまう酒場の方に分けてもらったものなんかを中心に、非売品のレアなものがけっこうあり。家でも仕事場でも、これでお酒を飲むと雰囲気が出るんだな〜。

　収納といえばもうひとつ、部屋の入り口のドアとロフトへと続くハシゴの下にウッドラックとりんご箱を並べた、食器&酒類&好きなもの棚もあります。

　いろんな理由で集まってきてしまう食器類をとりあえず収納し、そのなかの1段は「たぬきグッズ」ゾーンに。最上段は好きなものだけを並べ、たまに眺めて悦に入るスペース。なかには、今はなき伝説の天国酒場「たぬきや」閉店の際に譲り受けた「いらっしゃいませ」の木札や、これまた解体されてしまった地元の銭湯「友の湯」の壁の一部など、涙なしには語れない「街の形見」も並べてあったり。

「ぎょうざの満洲」グラスは、イベント限定販売もの

チューハイグラスたち

メイン収納

たぬきゾーン

たぬきやの木札

あこがれの、棚にお気に入りの酒器並べるやつ

仕事に疲れたら

最後に紹介するのはリラックスエリア。仕事机の反対側の壁には、りんご箱3つを並べたTVボードに、TV、自分のこれまでの著書を並べたコーナー、以前友達から譲り受けたミニコンポ、ポータブルレコードプレーヤーにレコードなどをゆったりと配置。仕事に行き詰まったときなどに気分転換をする際は、こちらを向くというわけですな。

また、仕事が早めに終わってまだ時間に余裕があるときなどは、ちゃぶ台と、それに合わせて買った丸いラグマットを出してきてだらだらするのもお楽しみ。子供が生まれて家が手狭になり、いったんこちらに引き取ったビッグサイズのソファー風座椅子に深く腰掛け、缶チューハイなどを軽く1杯。気がつけばしばしうとうと……なんて、もはやこれ以上にぜいたくな時間はないですよね。

夕方の柔らかい日差しが心地いい

いつも心に秘密基地を

それでも続けていたら

いつかは自分だけの仕事場を持ってみたい。そんな気持ちは、実はかなり昔からありました。というのも、僕が人生でもっともどハマりし、多大な影響を受けた文章家、東海林さだお先生。そして東海林先生とも仲が良く、現在の酒場ブームに至る道を開拓された、居酒屋研究の大家、太田和彦先生。そのおふたりがどちらも、「こういう仕事をしているならば、若いうちから多少無理をしてでも、小さくてもいいから仕事場を借り、家と仕事を切り離すべきだ」と、著書のなかで語られていたから。

といったって、普通は無理ですよ。簡単なことではない。そもそも僕の人生は、30代を過ぎてなお、自分が将来なにをしたいのかもわからず、ただただ希望の見えない暗雲のなかを、目的もなしに歩いているような感じでした。夢中になって時間を費やした音楽活動も、強いて言えば得意だったイラストや漫画を描くことも、芽が出ることはなかった。このまま惰性《だせい》で、信じがたき薄給の会社に勤めていても、路頭に迷う未来しか見えない。かといって、どう道を切り開いていっていいか、その手がかりすらない。それはもう、完全なる恐怖でした。

そんななか、ふとしたきっかけから始めた、酒や酒場に関する文章を書くことが、なんだか楽しい。もちろん最初は人からの反応なんて全然ないけれど、書けば書くほど夢中になって、続けてゆくほどに、ひとり、またひとりと、ほんの少しずつ、「いつも楽しみにしてます！」なんて言ってくれる人が増えはじめたんです。そうなってきたらさらにやる気も出ますよね。もっと工夫して、次を書く。そんなことをくり返していたら、驚くべきことに、僕に文章を書く仕事を依頼してくれる出版社、編集者の方まで現れはじめた。僕は一度も文章の勉強なんてしたことはないし、そもそも文章を書きはじめたころは、この世に「ライター」という職業があるということすら、よくわかっていなかったのに。

あんなバカな生きかたも

心の底から、現在の自分の状況は、その流れにたまたま、うまくのっているだけだと思っています。今は偶然、運がいいだけ。いつどうなるかなんてわからない。けれども一方で、心の底から「楽しい！」「好きだ！」と思える仕事ができているとも思っています。ならばちょっとだけ調子にのって、わずかでもあこがれの人たちに近づきたいじゃないですか。そしてまた、昔の自分のように、未来がぜんぜん見えないような生活をしている人がいたとして、僕が楽しそうに仕事をしている様子を見て、「あんなバカな生きかたもありなんだ」と、少しでも肩の力を抜いてくれたら、それってもしかして意味のあることなのかな？　なんて思ってしまったりするんですよね。おこがましくも。

正直に言って、フリーライターなんて、効率のいい仕事ではありません。数十年前と違って、今後出版業界がどうなっていくのかもわからない昨今はなおさら。生活だってぎりぎりっす。それでも、多少無理をしてでも、この小さな城、自分だけの仕事場を、守り続けられる限りは死守したい。もちろん、自分と家族を守ることは最優先にしつつ。そのためには、もっともっと仕事をがんばっていかないとなぁと、切実に感じています。自分がまず最大限に仕事を楽しむことは、常に忘れず。

それぞれの秘密基地

ところで近年は、子供がまだ保育園児ということもあり、予定が予定どおりに進まない日なんていうのはざらにあります。そもそも週末は、いくら締め切りが迫っていても家族との時間優先になるし、なるべくそうしたいし。

　また、子供って本当によく体調を崩すんですよね。しかもいったん熱を出すと、たとえば、どうも様子がおかしいぞとなってから、3～4日後に体調が元に戻ったとして、さらに念のため24時間様子を見てからではないと、ふたたび登園させられない。けっきょく、週の平日丸々かかってしまうなんてことも。僕は家でも仕事ができるフリーライターであり、妻は勤めに出てくれているから、僕が家で1日、娘を見ているなんてことは珍しくありません。すると、せっかく借りている仕事場になかなか行けず、もどかしいと感じることも多い。いや、「多かった」と言うべきかな。

　というのは、最近、考えかたがちょっと変わってきたんですよね。今は人生のなかでそういう時期であり、今後だってどうなるかはわからない。だからあそこは、できれば毎日でも通いたい仕事場であると同時に、僕にとっての「心の秘密基地」なんだと。

　自分だけの秘密基地を持っているって、ある意味、究極にぜいたくなことかもしれません。小さなワンルームアパートではあるけれど、別にそれ以上の豪華さなんて望まない。好きなものだけに囲まれ、いつだって好きなときに行けて、誰にも気兼ねせずに過ごせる場所。重ね重ね、そんな環境は誰でも簡単に作れるものではないし、僕の場合、仕事用の撮影スタジオ代わりとして、すでになくてはならないという側面もあります。ただやっぱり、そこでこそこそと飲むお酒のうまさって、正直………最高なんですよね。

ただ、誰もが一時的にひとり、無心になって好きなように過ごせる場所というのは、実は世の中にけっこうあるなとも思います。お気に入りの銭湯やサウナ、キャンプやアウトドア、公園のお気に入りベンチ、好きな定食屋、誰も知る人のいない隣町のカフェ。月に一度、特に目的もなくビジネスホテルに泊まってみるなんていうのもいいかもしれません。そしてまた、酒飲みにとってのそんな場所こそ、人それぞれに心落ち着く「お気に入りの大衆酒場」ということになるんでしょう。

そんなふうに、自分だけの秘密基地を持っておくこと。それは、いざというときの心の支えになったり、逃げ道になったり、救いになったりするのかもしれないなと。

本書の第１～６章は光文社新書ｎｏｔｅの連載「つつまし酒」（２０２１年３月19日～２０２３年１月20日掲載分）を加筆・修正のうえ再編集したものになります。

第７章は書き下ろしです。

パリッコ

1978年東京生まれ。酒場ライター、漫画家 / イラストレーター、DJ / トラックメイカー他。酒好きが高じ、2000年代後半より酒と酒場に関する記事の執筆を始める。フリーライターのスズキナオ氏とともに飲酒ユニット「酒の穴」を結成し、「チェアリング」という概念を提唱。2022年には、長崎県にある波佐見焼の窯元「中善」のブランド「zen to」から、オリジナルの磁器製酒器「#mixcup」も発売した。著書に『つつまし酒 あのころ、父と食べた「銀将」のラーメン』(光文社)、『ノスタルジーはスーパーマーケットの2階にある』『酒場っ子』(ともにスタンド・ブックス)、『天国酒場』(柏書房)、『つつまし酒 懐と心にやさしい46の飲み方』(光文社新書)、『ほろ酔い! 物産館ツアーズ』(ヤングキングコミックス) など。スズキナオ氏との共著に『"よむ" お酒』(イースト・プレス)、『酒の穴 酒をみつめる対話集』(シカク出版) ほか、清野とおる氏との共著に『赤羽以外の「色んな街」を歩いてみた』(扶桑社) がある。

Twitter @paricco

酒《さけ》・つまみ日和《びより》 「ひとり飲《の》み」の小《ちい》さな幸《しあわ》せ

2023年8月30日初版1刷発行

［著　者］　パリッコ

［発行者］　三宅貴久

［装　幀］　板倉 洋

［組　版］　堀内印刷

［印刷所］　堀内印刷

［製本所］　ナショナル製本

［発行所］　株式会社 光文社
東京都文京区音羽 1-16-6（〒112-8011）
https://www.kobunsha.com/

［ TEL ］　編集部 03（5395）8289　書籍販売部 03（5395）8116
業務部 03（5395）8125

［メール］　sinsyo@kobunsha.com

 ISBN 978-4-334-10018-6